Cretina IRRESISTÍVEL

Universo dos Livros Editora Ltda.
Rua do Bosque, 1589 – Bloco 2 – Conj. 603/606
CEP 01136-001 – Barra Funda – São Paulo/SP
Telefone/Fax: (11) 3392-3336
www.universodoslivros.com.br
e-mail: editor@universodoslivros.com.br
Siga-nos no Twitter: @univdoslivros

CHRISTINA LAUREN

Cretina IRRESISTÍVEL

São Paulo
2013

UNIVERSO DOS LIVROS

Published by arrangement with the original publisher, Gallery Books, a Division of Simon & Schuster, Inc.

Diretor editorial: **Luis Matos**
Editora-chefe: **Marcia Batista**
Assistentes editoriais: **Cássio Yamamura, Nathália Fernandes e Raíça Augusto**
Tradução: **Felipe CF Vieira**
Preparação: **Bárbara Prince**
Revisão: **Louise Bonassi**
Arte e adaptação de capa: **Francine C. Silva e Valdinei Gomes**
Design original da capa: **Fine Design**
Foto: **cokacoka/iStock**

Dados Internacionais de Catalogação na Publicação (CIP)
Angélica Ilacqua CRB-8/7057

L412c

Lauren, Christina
Cretina irresistível / Christina Lauren; tradução de Felipe CF Vieira.
– São Paulo : Universo dos Livros, 2013. (Beautiful Bastard).
128 p.

ISBN: 978-85-7930-668-6
Título original: *Beautiful Bitch*

1. Literatura americana 2. Literatura erótica 3. Ficção
I. Título II. Vieira, Felipe CF

13-0928 CDD 813.6

Para as leitoras que pediram mais, este aqui é para vocês.
Sim, vocês.

Um

Minha mãe sempre me disse para encontrar uma mulher que fosse equivalente a mim, em todos os sentidos.

"Nunca se apaixone por alguém que coloque você em primeiro lugar. Encontre alguém que seja tão destemida e energética quanto você. Encontre uma mulher que faça você querer ser uma pessoa melhor."

Eu definitivamente encontrei minha cara-metade, a mulher que transformou minha vida em um inferno e que vivia apenas para discutir comigo. A mulher cuja boca eu queria tapar com fita adesiva... ou com um beijo.

Minha namorada, minha ex-estagiária, a srta. Chloe Mills. Uma *cretina irresistível.*

Pelo menos, era assim que eu a enxergava na época em que eu era um cego idiota, perdidamente apaixonado por ela. Eu certamente encontrara a mulher que me fazia querer ser uma pessoa melhor, e estava encantado com aquela garota destemida. Acontece que, na maioria dos dias, eu mal conseguia ficar mais de dois minutos a sós com ela.

Minha vida resumida: finalmente conquistar a garota; nunca conseguir ficar com ela de verdade.

—

Eu passara a maior parte dos últimos dois meses viajando em busca de um bom espaço para a filial que a Ryan Media Group está abrindo em Nova York. Chloe tinha ficado em Chicago, e embora nosso recente – e raro – fim de semana juntos na cidade tivesse sido cheio de amigos, tardes ensolaradas e lazer, o tempo que passamos sozinhos simplesmente não fora o bastante. Encontramos vários amigos o tempo inteiro, desde a manhã até depois da meia-noite, e voltamos exaustos para meu apartamento, mal conseguindo tirar nossas roupas antes de transar em um clima silencioso e sonolento.

A verdade era que o sexo – que com o passar do tempo se tornara mais íntimo e selvagem, nos permitindo só o mínimo de sono – nunca parecia ser suficiente. Eu esperava sentir, em algum momento, que tínhamos estabilizado nossa vida sexual, encontrado uma rotina sólida. Mas isso nunca aconteceu. Eu permanecia em um constante estado de saudade e desejo. E as segundas-feiras eram os piores dias. Nas segundas havia reuniões o dia inteiro e todo o trabalho da semana pela frente: um trabalho melancólico e desprovido de Chloe.

Ouvi a familiar cadência do salto alto batendo no chão de ladrilhos e ergui a cabeça enquanto esperava a impressora terminar de imprimir alguns documentos. Como se tivesse ouvido minha súplica interna, Chloe Mills se aproximou de mim, vestindo uma saia curta de lã vermelha, uma blusa azul-escuro justa e saltos que, francamente, não pareciam seguros para serem usados fora do quarto. De manhã, quando saí para preparar a reunião das oito horas, a única coisa que ela estava vestindo era um pálido raio de sol que entrava pela janela do quarto.

Segurei um sorriso e tentei não parecer desesperado demais, mas eu nem deveria ter me dado ao trabalho. Ela conseguia ler todas as minhas expressões.

– Então você encontrou a máquina mágica que pega o que você faz no computador e coloca num pedaço de papel, usando *tinta* – ela disse.

Coloquei a mão no bolso da calça, mexi em algumas moedas e senti uma pontada de adrenalina ao ouvir o tom provocador em sua voz.

– Na verdade, descobri essa maravilhosa invenção no meu primeiro dia aqui. Acontece que eu gostava dos momentos felizes de silêncio quando eu mandava você sair da minha sala para buscar documentos em outro lugar.

Ela avançou sobre mim, com um sorriso largo e olhos maliciosos.

– Filho da puta.

Sim, porra. Venha para mim, garota. Dez minutos na sala de xerox? Eu posso facilmente alegrar o seu dia em dez minutos.

– Você vai ter que suar muito hoje à noite – ela sussurrou ao dar um tapinha em minhas costas e continuar andando até o corredor.

Fiquei olhando sua bunda enquanto dava uma reboladinha e esperei que ela voltasse para me torturar mais um pouco. Mas não voltou. *Só isso? É só isso que eu recebo? Um tapinha nas costas, uma conversinha assanhada e uma rebolada?*

Pelo menos hoje vamos ter nossa primeira noite inteira juntos em semanas.

Fazia mais de um ano que tínhamos nos apaixonado, e ainda não tivemos mais do que um fim de semana sozinhos desde a viagem para San Diego.

Suspirei e puxei meus papéis da impressora. Nós precisávamos de umas férias.

—

De volta à minha sala, deixei os papéis na minha mesa e olhei a tela do computador, que, para minha surpresa, mostrava uma agenda quase vazia. Eu trabalhara até altas horas nos últimos dias apenas para chegar em casa mais cedo hoje e ficar com Chloe, então, com exceção da reunião da manhã com o RH, minha agenda estava livre. Porém, Chloe estava claramente ocupada em sua nova posição.

Eu sentia falta de tê-la como minha estagiária. Sentia falta de mandar nela o dia inteiro. E *realmente* sentia falta dela retrucando minhas ordens.

Pela primeira vez em meses, eu tinha tempo de sentar em minha sala e literalmente não fazer nada. Fechei os olhos e centenas de pensamentos passaram pela minha mente em questão de segundos: a vista dos escritórios vazios em Nova York pouco antes de eu sair para o aeroporto. A perspectiva de empacotar tudo em meu apartamento. A perspectiva muito mais favorável de arrumar tudo em um novo lar com Chloe. E, então, meu cérebro seguiu seu caminho favorito: a visão de Chloe nua em todas as posições possíveis.

O que me fez pensar em uma de minhas lembranças favoritas de nós dois: a manhã seguinte à sua apresentação. Depois que admitimos não estar mais apenas transando casualmente, mas interessados em algo mais, surgiu uma tensão e tivemos uma de nossas maiores discussões. Eu não a via há meses, então apareci de surpresa em sua apresentação final do MBA, para vê-la arrasar. E ela arrasou.

Mas depois disso, apesar de tudo que dissemos na sala de reuniões, ainda havia *tanta* coisa para conversar. A realidade de nossa união ainda parecia algo muito novo, e eu não sabia direito em que página estávamos.

—

Assim que chegamos na calçada, eu olhei em seu rosto: olhei para os olhos, os lábios, o pescoço, que ainda estava um pouco vermelho dos beijos que eu dera alguns minutos atrás. A maneira como ela passou a ponta do dedo em uma marca que eu havia deixado enviou um impulso elétrico do meu cérebro direto para o meu pau: a conversa está ótima, mas está na hora de levá-la para casa e fodê-la de jeito no colchão.

Mas eu não sabia se estávamos na mesma página quanto a isso.

À luz do dia, ela parecia estar prestes a desmaiar. É claro que estava. Conhecendo Chloe, ela provavelmente se preparara e aperfeiçoara a apresentação pelas últimas setenta e duas horas direto, sem dormir. Mas eu não a via fazia tanto tempo... será que eu poderia me controlar e esperar que ela fosse para casa descansar? Se ela só precisasse tirar uma soneca, eu poderia ficar por perto e esperar, não é? Eu poderia me deitar ao seu lado e me tranquilizar sabendo que ela realmente estava ali e que nós estávamos acertando os ponteiros e então... Faria o quê? Acariciaria seus cabelos?

Que merda. Será que eu sempre fui um esquisitão assim?

Chloe jogou no ombro a bolsa do computador, e o movimento me tirou dos meus pensamentos. Mas, quando foquei os olhos novamente, vi que ela estava olhando o horizonte, na direção do rio.

– Você está bem? – perguntei, abaixando o olhar para encará-la.

Ela assentiu com um pequeno sobressalto, como se tivesse sido flagrada.

– Estou bem... só me sentindo sobrecarregada.

– Um pouco atordoada?

Seu sorriso exausto despertou um sentimento amoroso em meu peito, mas a maneira como lambeu os lábios soltou uma faísca mais abaixo no meu corpo.

– Eu estava tão triste pensando que não te veria hoje. E de manhã andei o caminho inteiro entre o escritório e aqui pensando como seria estranho fazer isso sem você, ou o Elliott, ou qualquer pessoa da Ryan Media. E então, você apareceu, e claro que acabou me irritando, mas também me fez rir – ela inclinou a cabeça e estudou meu rosto. – A apresentação aconteceu exatamente do jeito que eu queria, e depois vieram as ofertas de trabalho... e você. Você disse que me amava. Você veio.

Ela estendeu o braço e pousou a palma da mão em meu peito. Sei que podia sentir meu coração batendo com toda a força.

– Minha adrenalina está baixando e agora eu só... – Chloe afastou a mão e fez um aceno antes de deixá-la cair como se estivesse totalmente sem energia. – Não sei como a noite de hoje vai funcionar.

Como a noite iria funcionar? *Eu sabia exatamente como iria funcionar. Nós conversaríamos até anoitecer, depois transaríamos até o sol nascer. Estendi o braço e envolvi seu ombro.* Deus, era tão bom abraçá-la.

– Deixa que eu me preocupo com isso. Agora vou levar você para casa.

Dessa vez, ela balançou a cabeça, voltando a se concentrar no momento.

– Tudo bem se você tiver que voltar para o trabalho, nós podemos...

Franzi a testa e grunhi:

- Não seja ridícula. São quase quatro horas. Não vou voltar para o trabalho. Meu carro está aqui e você vai entrar nele.

Seu sorriso se acentuou nos cantos.

- E eis que surge o Bennett Mandão. Agora eu definitivamente não vou com você.

- Chloe, eu não estou brincando. Não vou deixar você sair da minha vista até o Natal.

Ela apertou os olhos debaixo do forte sol de junho.

- Até o Natal? Isso parece tempo demais para você me deixar amarrada no porão.

- Se você não gosta desse tipo de coisa, nossa relação pode não ser a coisa certa para você, afinal de contas... - eu provoquei.

Ela riu, mas não respondeu. Em vez disso, aqueles profundos olhos castanhos me encararam, sem piscar e difíceis de interpretar.

Eu me senti desacostumado a nossos joguinhos, e mal conseguia esconder minha frustração.

Coloquei as mãos em seu quadril e me inclinei para dar um pequeno beijo em sua boca. Merda, eu precisava de mais!

- Vamos agora. Nada de porão. Apenas nós dois.

- Bennett...

Eu a interrompi com outro beijo, paradoxalmente relaxado por essa pequena discussão.

- Meu carro. Agora.

- Tem certeza que não quer ouvir o que eu tenho a dizer?

- Certeza absoluta. Você pode falar o quanto quiser quando eu tiver meu rosto firmemente plantado no meio das suas pernas.

Chloe concordou e me acompanhou quando eu tomei sua mão e gentilmente a puxei em direção ao estacionamento. Porém, sorriu misteriosamente durante todo o caminho.

—

Durante toda a viagem até seu apartamento, ela passou a ponta dos dedos pela minha coxa, lambeu meu pescoço, passou a mão por cima do meu pau e descreveu a pequena calcinha vermelha que tinha vestido pela manhã, quando pensou que seria bom um impulso na autoconfiança.

- Sua confiança vai se abalar se eu rasgar essa calcinha? - perguntei, me inclinando para beijá-la quando paramos em um semáforo vermelho. O carro atrás de mim buzinou justo quando estava ficando bom: quando seus lábios davam lugar a mordidinhas e seus gemidos preenchiam minha boca, minha cabeça - merda -, meu peito inteiro. Eu precisava tirar sua roupa e montar nela.

A subida no elevador foi selvagem. Ela estava aqui, puta merda, ela estava aqui, e eu tinha sentido tanta saudade dela! Se dependesse de mim, aquela noite duraria três dias. Ela subiu a saia até a cintura e eu a ergui, encaixando suas pernas ao meu redor e pressionando meu pau duro nela.

- Vou fazer você gozar muito - eu disse.

- Humm, promete?

- Prometo.

Impulsionei meu quadril contra ela e Chloe quase perdeu o fôlego ao sussurrar:

- Certo, mas antes...

As portas do elevador se abriram e ela se livrou de mim, colocando os pés de volta ao chão. Com um olhar hesitante, arrumou a saia e seguiu na minha frente até seu apartamento.

Senti um frio na barriga.

Não estivera aqui desde o dia em que enganei o porteiro para ele me deixar subir e falar com ela, na época em que estávamos separados. Eu acabara tendo essa a conversa toda do lado de fora do apartamento. Agora, me sentia estranhamente ansioso. Em nossa noite de reconciliação, eu queria sentir apenas alívio, e não ficar pensando em tudo que perdemos nos meses longe um do outro. Para me distrair, abaixei a cabeça, chupei a pele debaixo de sua orelha e comecei a abrir o zíper da saia enquanto ela procurava as chaves.

Ela abriu a porta com força e se virou para mim.

– Bennett… – ela começou a falar, mas eu a empurrei para dentro até pressioná-la contra a parede mais próxima, silenciando sua voz com minha boca. Merda, ela tinha um gosto incrível, uma mistura da limonada que estivera tomando com o familiar sabor de menta suave e lábios famintos e macios. Meus dedos começaram apenas provocando na parte de trás da saia, mas eu logo perdi a delicadeza e quase arranquei o zíper ao puxar o tecido inteiro para o chão, imediatamente subindo minhas mãos até seu blazer. Por que diabos ela ainda está vestindo essa coisa? Por que não está completamente nua?

Debaixo de sua camisa lilás, os mamilos endureceram sob meu olhar vidrado, e aproximei um dedo para circular aquela perfeição. Ela ofegou profundamente, chamando atenção dos meus olhos.

– Senti falta disso. Senti falta de você.

Sua língua molhou rapidamente os lábios.

– Eu também.

– Merda, eu te amo.

Quando beijei sua garganta, seu peito subiu e desceu rapidamente, e eu não sabia como prosseguir, não sabia como ir mais devagar. Será que eu deveria tomá-la aqui mesmo, rápida e furiosamente, ou deveria carregá-la até o sofá, ajoelhar e apenas saboreá-la? Pensara sobre isso por tanto tempo – imaginando cada cenário possível – e neste momento me sentia paralisado diante da realidade: ela finalmente estava aqui, em carne e osso.

Eu precisava de tudo. Precisava sentir seus gemidos e sua pele, precisava me perder no conforto de sua mão me envolvendo, precisava observar a gota de suor que descia em sua sobrancelha enquanto ela me cavalgava, mostrando o quanto também sentira minha falta. Eu perceberia a maneira como quebraria seu ritmo quando estivesse perto do clímax, ou como me apertaria quando eu dissesse seu nome com aquele sussurro que ela tanto gostava.

Minhas mãos tremeram quando abri cuidadosamente um botão da camisa. Uma pequena parte do meu cérebro racional ainda fun-

cionava e me alertou para não destruir a roupa que ela usara na apresentação.

Além disso, eu também queria saborear o momento. Queria saboreá-la.

- Bennett?

- Humm? - abri outro botão e corri a ponta do dedo por sua garganta.

- Eu te amo - ela disse, com olhos arregalados e as mãos tocando meus braços. Meus dedos perderam a força e eu quase parei de respirar. - Mas... você vai odiar o que tenho para dizer.

Eu ainda estava paralisado pelo "Eu te amo". Meu sorriso parecia um pouco fora de controle.

- O quê...? O que quer que você tenha a dizer, eu tenho certeza de que não vou odiar.

Ela estremeceu, virando para olhar o relógio na parede. Foi a primeira vez que me ocorreu dar uma olhada no apartamento. Dei um passo para trás, surpreso - o lugar não se parecia com nada que eu podia esperar.

Tudo que dizia respeito à Chloe sempre era impecável, elegante, moderno. Mas seu apartamento não poderia estar mais longe disso. A sala de estar estava arrumada, mas cheia de móveis velhos e coisas que não se pareciam com nada que ela pudesse ter. Tudo era marrom e bege; os sofás pareciam confortáveis, mas feitos com o enchimento usado em ursos de pelúcia. Uma pequena coleção de corujas de madeira ficava ao lado de uma televisão minúscula e, na cozinha, o relógio que ela olhou tinha uma grande abelha sorridente que dizia, em letras garrafais, "Seja Feliz!".

- Isso... não é o que eu esperava.

Chloe seguiu minha atenção ao redor do apartamento e então soltou uma risada alta. Era a mesma risada que costumava soltar antes de me destruir verbalmente.

- O que você esperava, sr. Ryan?

Dei de ombros, sem querer insultá-la, mas curioso sobre essa discrepância.

- Apenas esperava que seu apartamento se parecesse um pouco mais com você.

- O que foi, você não gosta das minhas corujas? - ela perguntou, sorrindo.

- Eu gosto sim, é só que... - comecei a falar, passando a mão no cabelo.

- E os sofás? - ela interrompeu. - Você não acha que poderíamos nos divertir neles?

- Linda, nós poderíamos nos divertir em qualquer superfície deste lugar, estou apenas tentando dizer que eu esperava que seu apartamento fosse menos...

Merda. Por que eu ainda estava falando? Olhei para ela e vi sua mão na frente da boca, tentando disfarçar uma risada.

- Calma - ela disse. - Aqui era o apartamento da minha mãe. Eu amo este lugar do jeito que é, mas você está certo. Nada disso é meu. Quando eu estava na faculdade, não achei que fazia sentido vender essas coisas ou comprar tudo novo.

Dei outra olhada ao redor, curioso.

- Você gasta com calcinhas de cem dólares, mas não com um sofá novo?

- Não seja tão arrogante. Eu não precisava de um sofá novo. Mas frequentemente precisava de calcinhas novas - ela disse baixinho, cheia de insinuação.

- Sim, precisava mesmo.

Com esse perfeito lembrete, dei um passo em sua direção, retomando o gentil ataque aos botões de sua camisa. Empurrei a camisa por seus ombros e braços e olhei para ela na minha frente, agora vestindo apenas um sutiã de renda vermelha e uma calcinha combinando. As duas peças eram minúsculas.

- Diga o que você quer - implorei, sentindo um pouco de desespero ao tirar seu cabelo do caminho para poder chupar seu pescoço, queixo, orelha. - Meu pau? Minha boca? Minhas mãos? Deus, vou fazer tudo isso com você hoje, mas por onde começar? Faz meses que não te vejo e sinto que estou perdendo a cabeça.

Tomei seu braço, trazendo-a para mais perto.

- Linda, coloque as mãos em mim.

Ela correu os dedos em meu pescoço e segurou meu rosto. Eu podia sentir sua tremedeira.

- Bennett.

Apenas quando ela disse meu nome dessa maneira - como se estivesse tímida ou talvez até ansiosa - eu lembrei que ela queria me dizer algo além de eu te amo. Algo de que eu não iria gostar.

- O que foi?

Seus olhos estavam enormes, buscando os meus e cheios de desculpas.

- Acabei de terminar minha apresentação e...

- Ah, merda, eu sou um idiota. Eu deveria te levar para jantar...

- ... prometi para Julia e Sara que nós iríamos sair...

- ... talvez a gente possa sair para jantar depois que eu fizer você gozar... - eu disse, atropelando-a.

- ... para beber depois que eu terminasse.

- ... só preciso ouvir você gozar uma vez, daí podemos ir. Só me dê... - fiz uma pausa enquanto digeria as palavras dela. - Espera, o quê? Você vai sair com Julia e Sara? Hoje?

Ela assentiu, apertando os olhos.

- Eu não sabia que você iria aparecer. E realmente quero ligar e cancelar. Mas acontece que não posso fazer isso. Não depois de elas terem sido tão boas comigo nos últimos meses... quando eu e você estávamos...

Soltei um grunhido, apertando meus olhos com as mãos.

- Por que você não me disse isso antes que eu tirasse sua roupa? Merda, como posso ir embora agora? Vou ficar duro por horas.

- Eu tentei falar - justiça seja feita, ela parecia tão frustrada quanto eu.

- Será que nós temos tempo para... - balancei a cabeça, olhando ao redor, como se a resposta estivesse enterrada naquela mobília

antiga. – Eu poderia dar conta de nós dois provavelmente em, tipo, menos de dois minutos.

Ela riu.

– Não sei se isso é uma coisa da qual você deveria se orgulhar.

Claro que era.

Sua pequena exclamação de surpresa foi roubada por meus lábios quando eu a beijei, com língua e dentes, sem me importar se tínhamos apenas poucos minutos. Poucos minutos seriam suficientes.

Deslizei minha mão sobre a pulsação em seu pescoço, segui para o meio dos seios e desci até a barriga. Baixei ainda mais, encontrando aquele familiar e favorito ponto, onde ela estava quente e escorregadia. Então o céu podia desabar sobre mim e eu não notaria porque, meu Deus, nada existia além dela e de seus gemidos e sussurros que me pediam para continuar, continuar...

– Bennett – ela gemia –, por favor.

Comecei a abrir minha própria calça e tinha acabado de começar a falar quando...

Fui interrompido por uma batida na porta.

Uma voz familiar soou no corredor.

– Já chegamos, srta. Formada em Administração, e estamos prontas para beber uns drinques!

– Isso é uma piada. Diga que isso é uma piada! – eu disse, olhando-a no rosto.

Ela negou com a cabeça, tentando esconder um sorriso.

– Não estou com humor para dividir você agora. Você tem que estar brincando comigo.

– Quase me esqueci do quanto eu adoro quando você fica bravo assim.

Ela andou até a porta usando apenas a lingerie e abriu uma fresta antes de se virar e correr para o quarto, me deixando sozinho para receber as intrusas.

Mas que grande merda!

– Volto daqui a pouco! – Chloe gritou por cima do ombro, sua bunda quase nua desaparecendo dentro do quarto.

Julia assoviou alto, entrou pela porta e parou por um segundo antes de me ver e cair na risada.

– Uau, eu não esperava que você nos recebesse só de calcinha e sutiã, Chloe – Sara entrou, com uma mão cobrindo os olhos e a outra estendida tateando cegamente. Ela agarrou minha camisa aberta e soltou um grito quando abriu os olhos e viu quem estava segurando. – Sr. Ryan!

– Olá, garotas – eu disse, sem expressão na voz. Arrumei minha camisa e ajeitei a gravata.

– Ops, nós interrompemos alguma coisa? – Julia perguntou, com olhos arregalados e provocadores.

– Na verdade, sim. Nós estávamos... voltando a nos conhecer melhor.

Chloe gritou do quarto dizendo para nos servimos com o champanhe da geladeira, e eu tentei ignorar a maneira como o olhar de Julia desceu até meu zíper. Fiquei parado, deixando que ela desse uma boa olhada. Minha ereção já tinha acabado, de qualquer maneira.

Ou quase.

– Eu não sabia que seria uma noite só das garotas – eu disse, quando o silêncio pareceu se arrastar eternamente.

Sara deu um passo para trás, lutando para manter o olhar acima dos meus ombros, e explicou:

– Acho que ninguém esperava que você estivesse aqui e... fosse passar a noite.

Eu definitivamente queria passar a noite. Dentro de Chloe, de todas as maneiras.

Julia me estudou por um minuto e então sorriu.

– Admito que eu tinha quase certeza de que Bennett estaria aqui.

Não pude evitar um sorriso igual ao dela. Afinal, fora ela quem me convencera a aparecer na apresentação de Chloe. Ela estava obviamente do meu lado.

Mesmo tendo interrompido minha tentativa de transar com Chloe pela primeira vez em um século.

Eu me virei e fui para a cozinha lavar as mãos. Julia me seguiu, e atrás de mim eu a ouvi abrir o champanhe. O som da rolha e do borbulhar que veio em seguida me lembrou o quanto eu queria abrir aquela garrafa sobre o corpo nu de Chloe e lamber a espuma se derramando em sua pele.

Julia continuou:

– Acho que nós todos deveríamos sair para celebrar, e ele pode ficar com ela o quanto quiser – ela serviu quatro taças de champanhe e me entregou uma. – Você vai ter que esperar até mais tarde para... voltar a conhecê-la.

Chloe surgiu de seu quarto usando um jeans preto bem justo, salto alto e uma regata azul cheia de brilho, que fazia sua pele parecer dourada.

Se ela saísse vestindo isso, eu não conseguiria manter minhas mãos longe dela, de jeito nenhum.

– Chloe... – comecei a falar, andando até ela e deixando meu champanhe no balcão da cozinha, com a mão trêmula. Estremeci ao ver seu cabelo preso para trás em um rabo de cavalo.

Seus olhos brilhavam, se divertindo, e ela ficou na ponta dos pés para falar ao meu ouvido.

– Você pode soltar meu cabelo mais tarde.

– Pode contar com isso.

– Você quer agarrar? Puxar? – ela perguntou, beijando a ponta da minha orelha. Confirmei balançando a cabeça, com os olhos fechados. – Ou prefere sentir meu cabelo solto e esparramado na sua barriga enquanto minha boca trabalha no seu pau?

Pequei minha taça de champanhe novamente e tomei um gole.

– Digamos que sim.

Senti uma necessidade se acumular em meu estômago e fiquei dividido entre querer quebrar algo e querer arrastá-la até o quarto e arrancar aquele jeans de suas pernas. Absolutamente nenhuma parte de mim queria passar a noite bebendo vinho, comendo queijos e ouvindo conversa de garotas. Não sabia se conseguiria aguentar.

Como se tivesse ouvido meus pensamentos, ela sussurrou:

– Essa espera só vai fazer nossa noite melhor quando voltarmos.

– Duvido que isso seja possível.

Seus dedos arranharam de leve o meu peito.

– Senti falta dessa carinha ranzinza.

Ignorando-a, eu perguntei:

– Que tal se você for até meu apartamento depois? Saia com suas amigas e se divirta bastante. Estarei lá esperando, quando você estiver pronta.

Ela se esticou e deslizou um longo e macio beijo pela minha boca.

– O que aconteceu com a ideia de não me deixar sair da sua vista até o Natal?

—

Achei que íamos a uma boate, talvez algum lugar chique com drinques a vinte dólares, cheio de estudantes em vestidinhos pretos. O que eu não esperava era um bar discreto nos subúrbios, com dardos e o que Julia descreveu como "a melhor carta de cervejas em Illinois".

Desde que me fizessem um gimlet com vodca e eu pudesse ficar em contato físico constante com Chloe, a noite talvez não fosse um desastre total. Segui as garotas até o interior do bar, lançando olhares intimidadores para todos os outros babacas pelos quais passamos no caminho. Julia sentou em um banco de couro, gritando algo para a barwoman sobre trazer "o de sempre" para elas e "algo rosa" para o "bonitinho aqui".

Pensando bem, esta seria uma longa noite.

Sara – que claramente ainda estava um pouco nervosa com a minha presença – sentou do outro lado de Chloe e a fez contar todos os detalhes da apresentação. Chloe contou sobre o diretor Clarence Cheng, sobre como eu apareci de surpresa e agi como um idiota, sobre ter apresentado os dois projetos e sobre a oferta de emprego.

– Foram duas ofertas de emprego – eu corrigi, encarando-a para deixar claro que eu esperava que ela aceitasse o maldito emprego na RMG.

Ela revirou os olhos, mas ninguém deixou de notar seu sorriso orgulhoso. Elas ergueram suas cervejas e eu ergui meu drinque rosa, e brindamos o sucesso de Chloe.

Ao meu lado, ela tomou a cerveja e então saltou para fora do banco.

– Quem está a fim de jogar uns dardos?

Sara levantou a mão dando um pulinho. Após uma única cerveja, ela já parecia meio alta e relaxada o bastante para não agir mais como se estivéssemos no escritório. Deslizei meu olhar pelo corpo de Chloe. Eu gostei da ideia de assistir ela se esticando naquelas roupas apertadas para jogar os dardos.

– Você vem junto? – ela perguntou, virando para mim e pressionando os seios contra o meu braço.

Safada maldita.

– Daqui a pouco, talvez – deixei meus olhos se demorarem em seus lábios antes de abaixá-los até os seios. Debaixo do tecido leve da regata, os mamilos já se insinuavam.

Sua risada fez minha atenção voltar para seus lábios vermelhos – ela percebeu e fez um beicinho.

– Bennett está se sentindo meio ansioso?

– Bennett está se sentindo muito ansioso – eu disse, puxando-a entre minhas pernas e beijando a curva de sua orelha. Eu queria ser paciente e deixá-la aproveitar a noite, mas a paciência nunca foi meu forte. – Bennett quer Chloe nua e tocando seu pau.

Com uma risadinha, ela rebolou até os fundos do bar, com o braço enlaçado ao de Sara.

Julia deu um leve soco em meu ombro, olhando rapidamente atrás de nós para ter certeza de que Chloe não podia ouvir.

– Você fez a coisa certa.

Eu me sentia desconfortável discutindo assuntos pessoais com a maioria das pessoas, e essa conversa mais do que pessoal era a última coisa que eu queria ter com uma quase estranha. Ainda assim, Julia se dera ao trabalho de me procurar para ajudar Chloe. Definitivamente, fora preciso coragem para isso.

- Obrigado por me ligar - eu disse. - Mas quero que saiba que eu iria atrás dela de qualquer maneira. Não conseguia mais ficar longe daquele jeito.

Julia tomou um gole da cerveja.

- Imaginei que, se você fosse mesmo igual a ela, estaria prestes a tentar de novo. Eu liguei apenas porque queria te dar a confiança necessária para chegar lá e bancar o cretino do jeito que só você sabe.

- Eu não era tão cretino assim - franzi a testa, pensando naquilo. - Pelo menos, acho que não.

- Claro que não - Julia disse pausadamente. - Você é o respeito em pessoa.

Ignorando a provocação, peguei meu drinque de mulherzinha e tomei de um gole só.

- Ela está tão feliz hoje! - Julia murmurou, quase que para si mesma.

- Ela está magra - olhei para onde Chloe estava, de pé, preparada para lançar um dardo. Ela parecia mesmo feliz, e isso me alegrava, mas a diferença em seu corpo era difícil de ignorar. - Magra demais.

Concordando, Julia disse:

- Ela malhou demais e trabalhou demais - seus olhos buscaram os meus por um instante antes de acrescentar: - A situação não estava boa, Bennett. Ela estava acabada.

- Eu também.

Ela reconheceu isso com um pequeno sorriso. Afinal, a tristeza já era passado agora.

- Então, se você vai mantê-la na cama pelos próximos dias, apenas lembre-se de fazer pit stops para a comida.

Concordei, movendo os olhos para o fundo do bar, onde minha garota se preparou, mirou e jogou um dardo, que mal acertou na placa de madeira atrás do alvo. Ela e Sara caíram na risada, parando apenas para dizer algo que as fez rir ainda mais.

E, enquanto ela jogava e dançava ao som dos Rolling Stones, eu senti o peso do meu amor por ela se transformar em um calor no estômago. Dois meses separados não era nada comparado com o que teríamos pela frente, mas, no contexto de nossa história, parecia uma eternidade. Eu queria compensar passando o máximo de tempo juntos.

Eu precisava voltar a ficar próximo. Acenei para a barwoman e fiz um gesto pedindo a conta.

Julia me impediu, levantando a mão na frente do meu rosto.

- Não estrague tudo. Ela é independente, e está sozinha há tanto tempo que nunca te dirá o quanto precisa de você. Mas ela vai te mostrar o quanto quer isso. Chloe é uma pessoa de ações, não de palavras. Eu a conheço desde que tínhamos doze anos, e você é o cara certo para ela.

Dois braços suaves me envolveram pela cintura, e senti um beijo de Chloe nas minhas costas.

- Sobre o que vocês estão conversando?

Julia e eu respondemos ao mesmo tempo:

- Futebol.

- Política.

Senti sua risada e ela deslizou para debaixo do meu braço.

- Então vocês estavam falando de mim.

- Sim - respondemos juntos.

- Sobre como eu estava acabada antes e agora como pareço feliz, e como é melhor o Bennett não estragar tudo desta vez.

Julia olhou para mim, ergueu sua cerveja em um brinde silencioso e depois nos deixou sozinhos.

Chloe virou seus olhos castanhos na minha direção.

- Ela te contou todos os meus segredos?

- Não mesmo - deixei meu drinque no balcão e passei meu braço em torno dela. - Podemos ir agora? Estive longe de você por tempo

demais e estou atingindo o limite do quanto posso te compartilhar. Quero ficar sozinho com você.

Senti sua risada como um pequeno tremor em seu corpo, depois o suave som chegou aos meus ouvidos.

- Você é tão exigente.

- Estou apenas dizendo o que quero.

- Certo. *Seja específico.* O que você realmente *quer?*

- Quero você *de joelhos na minha cama.* Quero você *toda suada e implorando.* Quero *ver você ficar molhada até* eu poder *beber em* você.

- Merda - *ela sussurrou, com a voz quase sumindo. - Já cheguei nesse ponto.*

- *Então, droga, srta. Mills. Entra logo na porra do carro.*

Dois

Com minhas mãos no volante e as dela em tudo o mais – minhas coxas, meu pau, meu pescoço, meu peito –, eu não sabia se chegaríamos em casa com segurança.

Principalmente quando ela levantou meu braço direito para poder se abaixar, abrir o zíper da minha calça, puxar meu pau para fora e arrastar a língua por toda sua extensão. Eu queria chegar até seu apartamento, mas merda, isto já estava bom demais.

– Oh Deus... – ela murmurou, antes de me tomar por inteiro na boca.

– Puta merda – balbuciei, entrando na faixa da direita e diminuindo a velocidade.

Mais uma vez, tudo parecia tão perfeito: suas mãos e boca trabalhando em sincronia, pequenos gemidos vibrando em mim e soando como se não houvesse nada que ela quisesse mais do que me sentir daquela maneira. Ela começou devagar, com longas chupadas e pequenas lambidas provocantes, me olhando de um modo sombrio até eu pensar que perderia a cabeça. Mas ela entendeu minha expressão, como sempre fazia, sabendo quando não parar, quando aumentar a velocidade, quando apertar gentilmente. Sua excitação foi o que me deixou ainda mais louco; seu olhar se tornou suplicante, a respiração entrecortada e os gemidos mais frenéticos. Cedo demais, eu já estava agarrando o volante com força, ofegando e implorando e, finalmente, praguejando alto ao gozar em sua boca.

Não sei como consegui guiar o carro na rua, ou como o estacionei, mas minhas mãos trêmulas de algum jeito realizaram a façanha. Ela beijou minha barriga, então descansou a testa na minha coxa e o carro ficou completamente silencioso. Não foi exatamente como imaginei estar de novo com ela, mas a maneira apressada e espontânea como aconteceu... isso sim era a nossa cara.

Quando ela se apoiou no meu braço para sentar, eu aproveitei para subir meu zíper e fechar o cinto.

- Espera aí - ela disse, olhando pela janela. Seu tom surpreso diminuiu um pouco o clima sensual. - Estamos na sua casa? Por que estamos aqui?

- Você queria ir para o seu apartamento?

Dando de ombros, ela disse:

- Só achei que era para lá que estávamos indo. Não tenho nada meu aqui.

- Eu também não tenho nada no seu apartamento.

- Mas eu tenho escovas de dente extras. Você tem escovas de dente extras?

Do que ela estava falando?

- Você pode usar a minha. Qual o problema?

Suspirando, ela abriu a porta e murmurou:

- Homens!

- Só para esclarecer - eu disse, saindo do carro e a seguindo até a calçada -, eu trouxe você aqui porque era onde eu queria te trazer depois de San Diego. Eu ia amarrar você na cabeceira da cama e te dar tapas a noite inteira. E continuo com a intenção de fazer isso, depois de tudo que você me fez passar.

Chloe parou na minha varanda, com as costas viradas para mim. Ficou assim por vários segundos confusos antes de girar e me encarar.

- O que você disse?

- Você não ouviu? - eu disse, e, quando ela apenas continuou me olhando, expliquei: - Sim, ficamos separados porque eu fui um idiota. Mas você também foi.

Ela apertou os olhos e sua expressão ficou séria. A ideia de que ela fosse explodir e gritar comigo me deixou ao mesmo tempo com medo e excitado. Ela me pressionou contra a porta, agarrou com força a minha gravata e puxou até ficarmos cara a cara. Seus olhos negros estavam arregalados e selvagens.

- Me dê suas chaves.

Levei a mão ao meu bolso, tirei as chaves e coloquei em suas mãos sem questionar.

Observei enquanto ela procurava as chaves e fiquei surpreso quando encontrou a certa na primeira tentativa.

- Tem a tranca de cima e a...

Ela me interrompeu, colocando a ponta do dedo nos meus lábios.

- Shh. Não diga nada.

Tentei entender o que estava acontecendo. Obviamente, ela não esperava que eu brincasse com o fato de ela ter me deixado mal. Talvez ela pensasse que toda essa discussão acabara na sala de conferência onde nos reconciliamos. E acho que, de muitas maneiras, foi isso mesmo que aconteceu. Eu não precisava que ela se desculpasse, e também não sentia mais a necessidade de pedir desculpas. Mas nossa separação resultara em alguns meses horríveis, então também não parecia que a conversa estava completamente terminada. Por isso, pensei que fazer uma sessão de tapas e beijos seria uma terapia muito apropriada para nós dois.

Sua mão não hesitou ao enfiar a chave na porta. Ouvi o familiar som da fechadura virando, então ela abriu a porta e me empurrou, de costas, para dentro.

- Continue reto e vai encontrar a sala de estar - ofereci. - Ou siga pelo corredor até minha cama.

Senti ela me direcionar para a sala de estar, movendo os olhos entre meu rosto, sua mão na gravata e o resto do ambiente. Afinal, era a primeira vez que ela via a minha casa.

- Belo lugar - ela sussurrou, aparentemente decidindo o que faria comigo. Então me puxou para ainda mais perto. - É tão básica. Parece tanto... com você.

- Obrigado - eu disse, rindo. - Eu acho.

Como se de repente lembrasse que estava me punindo por algo, ela me lançou um olhar severo.

- Fique aqui.

Ela me deixou ali e, embora eu quisesse saber o que estava tramando, segui sua instrução. Após apenas alguns segundos, ela voltou com uma das cadeiras da mesa de jantar. Colocou-a atrás de mim, pressionou meus ombros e me fez sentar.

Então ela virou-se e caminhou até meu rádio, pegou o controle remoto e olhou para os botões.

– Primeiro, ligue o...

– Shh! – sem olhar para mim, ela ergueu a mão para me silenciar.

Fechei a boca, com o queixo tenso. Ela estava abusando um pouco da minha paciência. Se ela não tivesse me mandado sentar – e eu achava que ela não estava para brincadeiras –, eu já teria jogado seu corpo no meu colo com a bunda para cima, pronta para ser estapeada.

Após apenas alguns momentos, um ritmo suave e pulsante preencheu a sala com uma voz rouca feminina. Chloe hesitou ao lado do estéreo, seus ombros se movendo com sua profunda e nervosa respiração.

– Linda, venha até aqui – sussurrei, esperando que ela me ouvisse em meio à música.

Ela se virou, andou até mim e parou tão perto que suas coxas encostaram nos meus joelhos. Meu rosto ficou alinhado com seu peito, e não pude resistir a beijar os seios por cima da camisa. Mas Chloe empurrou meus ombros de volta para trás.

Ela seguiu o movimento do meu corpo, se movendo para montar em meu colo. Com as duas mãos, agarrou e começou a brincar com minha gravata.

– Aquilo que você disse lá fora... – ela sussurrou. – Acho que precisamos conversar melhor.

– Certo.

– Mas se você não quiser fazer isso agora, podemos ir até seu quarto e você pode fazer o que quiser comigo – ela ergueu o olhar até meu rosto, estudando minha reação. – A conversa pode ficar pra depois.

- Podemos conversar sobre qualquer coisa que você quiser - engoli em seco e sorri. - Depois vou te levar para a cama e fazer tudo que eu quiser.

Eu mal conseguia respirar. Comecei a desabotoar minha camisa, mas ela tomou minha mão e a abaixou, erguendo a sobrancelha em um questionamento silencioso.

Vagarosamente, ela tirou minha gravata e a enrolou no punho como uma luva de boxe. Fiquei tão excitado por ela se mostrar tão poderosa que nem notei quando moveu minhas mãos para o lado da cadeira. Meu pau endureceu em uma posição desconfortável, e movi a cintura para ajustar o ângulo da minha calça, com o coração explodindo debaixo do peito. Que diabos ela estava fazendo?

- Diga que me ama - ela sussurrou.

Meu coração acelerava e meu sangue parecia martelar nas veias.

- Eu te amo. Loucamente. Estou... - eu tinha imaginado isso milhares de vezes, mas o momento parecia pesado demais e minhas palavras saíram em um único sussurro ofegante. Respirando fundo e fechando os olhos, murmurei: - Estou loucamente apaixonado por você.

- Mas ficou bravo comigo quando fui embora.

Senti um nó no estômago. Será que isso se transformaria em uma briga? E, se isso acontecesse, seria algo bom ou ruim?

Chloe se inclinou para frente, beijou meu queixo, meus lábios, meu rosto. Depois deslizou a boca até meu ouvido.

Então senti um aperto nos meus pulsos: ela tinha usado a gravata para amarrar minhas mãos atrás da cadeira.

- Está tudo bem - ela disse. - Não se preocupe. Só quero conversar sobre isso.

Ela queria apenas conversar, queria sentir-se confortável ao ouvir como tudo aquilo me afetara, o quanto eu ficara com raiva. Mas precisava me amarrar? Eu sorri, virando o rosto para beijar seus lábios.

- Sim, fiquei bravo com você. Meu coração estava partido, mas eu estava com raiva também.

- Conte por que você estava com raiva - sua boca se afastou da minha e chegou ao pescoço, onde chupou a pele enquanto eu pensava na resposta.

Senti como se nossa separação tivesse acontecido milhões de anos atrás, mas ao mesmo tempo parecia ter sido ontem de manhã. O fato de Chloe estar aqui, montada em meu colo e me beijando, era um lembrete de que aquilo era, de muitas maneiras, um passado remoto. Mas o jeito como meu peito se contorcia com a memória dela me deixando... mostrava que a ferida ainda era recente e estava aberta.

- Você nunca me deixou explicar ou pedir desculpas. Eu te liguei. Fui até seu trabalho. Eu faria qualquer coisa para consertar tudo.

Chloe não respondeu, nem tentou se defender. Em vez disso, se levantou, deu um passo para trás, e abriu a fivela do salto alto. Ela desceu dos sapatos e voltou até mim, correndo os dedos em meus cabelos e puxando meu rosto contra seu peito.

- Nós sabíamos que não seria fácil fazer a transição entre sexo-raivoso e casal-apaixonado - eu disse, em meio ao tecido macio de sua blusa. - E, na primeira vez que eu fiz uma besteira, você me deixou.

Ela abriu o botão de seu jeans, abaixou lentamente o zíper e então tirou a calça inteiramente. Em poucos segundos, a camisa também foi para o chão. Ela ficou de pé na minha frente, nua, com exceção do sutiã e da minúscula calcinha de renda vermelha. Na sala escura, sua pele parecia seda.

Merda, merda, merda, merda.

- Eu tinha acabado de perceber que estava apaixonado, e que talvez já estivesse apaixonado há algum tempo, e então você sumiu - olhei em seu rosto, torcendo para não ter ido longe demais.

Ela deslizou para meu colo, e eu quis mais do qualquer coisa ter minhas mãos livres para subir por suas coxas perfeitas. Mas só pude ficar olhando para onde suas pernas se abriam em cima de mim, a apenas alguns centímetros do meu pau.

- Sinto muito mesmo - ela sussurrou. Pisquei, surpreso. - Eu não mudaria nada, pois fiz o que precisava fazer na época. Mas eu sei que te machuquei, e sei que não foi justo simplesmente parar de falar com você.

Concordei, levantando meu queixo para ela se aproximar e me beijar. Ela pressionou a boca na minha, de um jeito macio e molhado, e um pequeno gemido escapou de seus lábios.

- Obrigada por aparecer hoje de manhã - ela disse.

- Você teria me procurado? - perguntei.

- Sim.

- Quando?

- Amanhã de manhã. Depois de terminar minha apresentação. Decidi isso faz uma semana.

Soltei um grunhido e me inclinei para beijá-la. Ela se arqueou para trás, então acabei beijando seu queixo e descendo até a garganta.

- Você saiu com mais alguém enquanto estávamos separados?

Parei e a encarei, de queixo caído.

- O quê? Você está falando sério? Não!

Um sorriso se espalhou em seu rosto.

- Eu só precisava ouvir isso.

- Se você deixou outro homem te tocar, Chloe, eu juro por Deus, eu...

- Calma aí, tigrão - ela pressionou dois dedos na minha boca. - Não deixei.

Fechei os olhos, beijando seus dedos e assentindo. Essa imagem ofensiva evaporou lentamente da minha cabeça, mas meu coração não desacelerou nem um pouco.

Senti sua respiração em meu pescoço antes de ouvi-la perguntar:

- Você pensava em mim?

- Várias vezes a cada minuto.

- Você pensava em me comer?

Todas as palavras sumiram da minha mente. Cada palavra existente no dicionário evaporou e eu me ajeitei debaixo de Chloe, desejando-a tão intensamente neste momento vulnerável e silencioso que fiquei com medo de enlouquecer no instante que ela tirasse minha calça.

– No começo, não – consegui dizer finalmente. – Mas depois de algumas semanas, eu tentei.

– Tentou se tocar e pensar em mim? Como se a sua mão pudesse me substituir?

Observei sua expressão se transformar de curiosa para predatória antes de responder:

– Sim.

– Você gozou?

– Meu Deus, Chloe – por que eu me excitava tanto quando ela me pressionava desse jeito?

Ela não piscou nem se mexeu enquanto esperava minha resposta. Ficou apenas me encarando.

– Responda.

Eu mal consegui esconder um sorriso. Ela adorava bancar a mandona.

– Algumas vezes. Não era muito prazeroso, porque você aparecia na minha mente e isso me trazia alívio, mas também frustração.

– Para mim também – ela disse. – Senti tanta saudade que até doía. Sentia saudade no trabalho, em casa, na minha cama, eu quase não conseguia aguentar. Os únicos momentos em que eu conseguia apagar você da minha mente era quando eu saía para...

– Correr – sussurrei. – Dá pra perceber. Você perdeu peso demais.

Ela ergueu uma sobrancelha.

– Você também.

– E também bebi muito – admiti, lembrando a ela que isso não era uma competição. Ela não precisava provar que se saíra melhor, pois eu tinha certeza de que fora isso que acontecera. – O primeiro mês da nossa separação ainda é um borrão na minha memória.

– Sara me contou sobre o seu estado. Ela disse que eu não estava sendo justa ficando longe de você.

Franzi a testa. É mesmo? Sara disse isso?

- Você fez o que precisava fazer.

Ela se inclinou para trás e olhou para meu corpo, depois para os meus olhos. Fiquei curioso ao perceber que ela parecia um pouco surpresa. E um pouco atrevida.

- Você me deixou te amarrar.

Olhei em seu rosto.

- É claro que sim.

- Eu não sabia se você deixaria. Pensei que tinha te enganado... achei que diria não.

- Chloe, você me ganhou desde o primeiro segundo em que te vi. Eu teria deixado você me amarrar lá na sala de conferência, se você tivesse pedido.

Um pequeno sorriso apareceu no canto de sua boca.

- Eu não teria deixado, se você tivesse me pedido.

- Ótimo - tentei me aproximar para beijá-la. - Você é mais esperta do que eu.

Ela ficou de pé e levou as mãos até as costas para abrir o sutiã, que deslizou por seus braços e caiu no chão.

- Acho que nós dois sempre soubemos que isso é verdade.

Meu desejo por ela era como uma dor forte e constante. Eu estava tão duro que podia sentir em meu pau cada batida do coração, mas também sentia como se minha visão estivesse supersaturada com cores: o vermelho de sua calcinha e dos lábios, o marrom de seus olhos, a brancura da pele. Meu corpo gritava, pedindo por ela, mas meu cérebro não conseguia parar de admirar cada detalhe.

- Deixa eu sentir você.

Ela voltou até mim, levando um seio até minha boca. Eu me inclinei e tomei um mamilo em meus lábios, prendendo-o com os dentes. Sem aviso, ela se levantou e se afastou, ficando de costas para mim e lançando um olhar endiabrado por cima do ombro.

- O que você está fazendo, sua diabinha? - eu disse ofegando.

Seus polegares se engancharam na cintura da calcinha de renda e ela começou a abaixá-la, rebolando lentamente.

Não. De jeito nenhum.

– Não se atreva a fazer isso! – eu disse, livrando minhas mãos do nó frouxo que ela tinha feito. Fiquei de pé, olhando-a de cima para baixo, como uma nuvem de tempestade se formando em minha sala de estar. – Vá até a cama. Se você pensar em tirar essa calcinha, eu vou cuidar de mim mesmo e você só vai poder ficar lá deitada assistindo eu gozar.

Seus olhos se arregalaram no meio da penumbra e, sem dizer uma palavra, ela se virou e correu para meu quarto.

—

E, com essa memória em minha mente, meu dia estava oficialmente perdido. Aquela noite foi a mais íntima da minha vida e mudou o status de nossa relação de "Vamos ver se dá certo" para "Totalmente comprometidos". Nunca vou me esquecer de como ela transformou sua vulnerabilidade em uma confiança discreta, ou de como, no quarto, ela me deixou virar o jogo, amarrá-la na minha cama e mordiscar cada centímetro de seu corpo.

Soltei um grunhido quando percebi que não fazia ideia de quando teríamos uma noite tão sossegada assim de novo, então peguei meu celular.

Enviei uma mensagem: Almoço?

Ela respondeu: Não posso. Tenho reunião com o Douglas do meio-dia até as três. Me mate.

Olhei para o relógio. Eram onze e trinta e seis. Deixei o celular na mesa e voltei para o artigo que estava escrevendo para o *Journal*. Eu estava imprestável e sabia disso.

Depois de dois minutos, peguei o celular e enviei outra mensagem para ela, desta vez usando nosso código secreto. Bat-Sinal.

Ela respondeu imediatamente: Estou a caminho.

—

A porta do lado externo do meu escritório se abriu, e pude ouvir os saltos de Chloe batendo no chão do escritório da recepção logo ao lado da minha sala. Esse já fora o lugar onde Chloe trabalhava, mas, quando terminou o MBA e voltou para a Ryan Media Group, ela se mudou para um escritório próprio, na ala Leste. Resultado: minha recepção agora ficava vazia. Tentei trabalhar com outros assistentes, mas nenhum funcionou. Andrea chorava o tempo todo. Jesse batia a caneta na mesa e aquilo me deixava maluco. Bruce não conseguia digitar.

Aparentemente eu deveria ter acreditado quando diziam que Chloe era uma santa por "me aguentar".

Minha porta se abriu e ela entrou, com as sobrancelhas franzidas. Usávamos o bat-sinal principalmente para avisar um ao outro sobre crises no trabalho, e por um momento eu me perguntei se teria exagerado.

- O que aconteceu? - ela perguntou, parando a uns trinta centímetros de mim, com os braços cruzados sobre o peito. Dava para ver que ela estava preparada para encarar uma batalha profissional ao meu lado, mas a luta que eu queria que ela enfrentasse era muito mais pessoal.

- Nada com relação ao trabalho - eu disse, coçando o queixo. - Eu...

Perdi o raciocínio enquanto observava cada parte de seu rosto: os olhos concentrados, os lábios macios apertados enquanto prestava atenção, a pele suave. E, é claro, deixei meu olhar cair em direção aos seios, pois ela usava uma blusa apertada e... *meu Deus*.

- Você está olhando meus peitos?

- Sim.

- Você usou o bat-sinal pra ficar olhando os meus peitos?

- Sossega, nervosinha. Usei o bat-sinal porque estou com saudade de você.

Seus braços caíram para os lados e começaram a arrumar nervosamente a blusa.

- Como pode estar com saudade? Dormi na sua casa ontem.

- Eu sei - conhecia esse lado dela. Sempre tentando se preservar.

- E passamos o fim de semana inteiro juntos.

- Sim. Você e eu... e a Julia. E o Scott. E o Henry. E a Mina. Não ficamos sozinhos. Não tanto quanto esperávamos.

Chloe virou a cabeça e olhou para a janela. Pela primeira vez em semanas, tínhamos um perfeito dia de sol, e eu queria ir lá fora com ela e... apenas sentar em algum lugar.

- Ultimamente eu tenho sentido saudades de você o tempo inteiro - ela sussurrou.

O nó em meu peito se afrouxou um pouco.

- É mesmo?

Confirmando, ela se virou para mim.

- Sua agenda de viagens está uma droga - ela se aproximou e ergueu uma sobrancelha. - E você não me deu um beijo de despedida hoje de manhã.

- Na verdade, dei sim - eu disse, sorrindo. - Você ainda estava dormindo.

- Isso não conta.

- Você está procurando uma discussão, srta. Mills?

Ela deu de ombros, tentando esconder um sorriso enquanto estudava cuidadosamente minha expressão.

- Nós podemos pular a briga e você pode simplesmente chupar o meu pau por uns dez minutos.

Sem hesitar, ela se aproximou e passou os braços ao meu redor, esticando o corpo para mergulhar o rosto em meu pescoço.

- Eu te amo - ela sussurrou. - E amei você ter enviado o bat-sinal só porque estava com saudades.

Fiquei sem palavras, provavelmente por tempo demais, até que finalmente consegui balbuciar:

- Eu também te amo.

Não é que Chloe não fosse expressiva; ela *era sim*. Quando ficávamos sozinhos, ela era - fisicamente - a mulher mais expressiva que já conheci. Mas, embora eu frequentemente expressasse meus sentimentos, eu podia contar nos dedos as vezes em que ela pronunciou as palavras "eu te amo". Eu não precisava que ela falasse mais; porém, a cada vez que dizia, isso me afetava de um jeito mais profundo do que eu esperava.

– Mas, falando sério – sussurrei, lutando para me recompor. – Talvez eu só precise de uma rapidinha em cima da mesa.

Ela riu, balançando a cabeça em meu pescoço e levando a mão até meu pau. Esse jogo eu conhecia, e era perfeitamente possível que ela fizesse algo ameaçador, que iria me excitar na mesma medida que me aterrorizava. Mas, em vez de me encarar com perigo nos olhos, ela virou a cabeça para chupar meu pescoço e sussurrou:

– Não posso ir na reunião com o Douglas cheirando a sexo.

– Você acha que não está sempre cheirando a sexo?

– Nem sempre eu tenho o *seu* cheiro – ela esclareceu, antes de lamber meu pescoço.

– Isso é o que você pensa.

Fazia muito tempo desde a última vez que transamos no escritório e eu já não aguentava mais o desejo de possuí-la. Eu queria rasgar minha calça e arrancar a camisa dela cintura acima, depois arruinar as pilhas de papéis em minha mesa, jogando Chloe por cima de tudo.

Felizmente para mim, ela começou a descer, beijando meu queixo até o pescoço, depois deslizou por meu corpo até o chão, subindo levemente a saia, de um jeito quase inocente, para se ajoelhar na minha frente.

Mas não... uma vez no chão, ela continuou subindo a saia até chegar à cintura. Com uma mão, ela se tocou entre as pernas; com a outra, abriu rapidamente meu cinto e o zíper. Fechei os olhos, precisando acalmar minha mente enquanto ela me libertava e, sem hesitar, tomava meu pau em sua boca. Meu pau estava quase totalmente ereto e, com seu toque, cresceu ainda mais. Uma sucção quente e molhada desceu e subiu, mais forte da segunda vez, enquanto ela se ajustava à sensação de me ter em sua boca.

Senti sua respiração acelerar em rápidas lufadas em meu umbigo, e podia ouvir o som de seus dedos se movendo em si mesma.

– Você está se tocando?

Sua cabeça se ajeitou levemente quando ela confirmou.

– Você já estava molhada por minha causa?

Ela parou por um segundo, e então levantou a mão acima da cabeça. Eu me inclinei e chupei dois dedos dela.

Merda.

Fui consumido pela percepção tão clara do quanto ela queria aquilo. Eu sabia por experiência própria qual era seu sabor antes de estar realmente pronta para mim – por exemplo, quando eu chegava tarde em casa e a surpreendia, em seu sono, com minha boca. E sabia que tinha um sabor muito diferente depois de provocarmos um ao outro por quase uma eternidade. Agora, em seus dedos, eu sentia sua excitação máxima, e isso fez minha cabeça girar. Desde quando ela estava esperando por isso? O dia todo? Desde que saí, hoje de manhã? Mas ela não me deixou pensar muito, levou a mão de volta para o espaço oculto no meio de suas pernas.

Observei sua cabeça se movendo e seus lábios deslizando sobre mim. Tentei me concentrar nisso para me acalmar. Mas, mesmo quando sua boca estava em mim, ou quando eu estava dentro dela, eu sempre queria *mais*. Era impossível possuí-la de todas as maneiras ao mesmo tempo, mas isso nunca me impediu de imaginar um furacão de posições e gemidos, minhas mãos em seus cabelos e em sua cintura, meus dedos em sua boca e também entre suas pernas, agarrando suas coxas.

Quando eu passava as mãos em seus cabelos ela sabia que eu queria mais rápido, e quando minha cintura começava a se mover, ela sabia que não deveria provocar, nem mesmo um pouco. Pelo menos, não quando ela tinha uma reunião logo em seguida.

Em um pensamento súbito, lembrei que meu escritório não estava trancado; Chloe entrara pensando que iríamos conversar sobre o trabalho. A porta da recepção estava fechada, mas também não estava trancada.

– Oh, merda – murmurei. Por algum motivo, a ideia de que poderíamos ser flagrados deixou tudo ainda mais excitante. – *Chloe*... – sem mais aviso, um orgasmo desceu por minhas costas, eletrizante e ardente, e tão intenso que deixou minhas pernas bambas e meus punhos agarrando seus cabelos. Ela se arqueou com meu puxão, seu braço se movendo rapidamente enquanto tocava a si mesma, fazendo os sons de seu próprio prazer me atingirem, abafados.

Olhando para baixo, percebi que ela estava observando minha reação... é claro que estava. Seus olhos se arregalaram e mostravam uma doçura - ela parecia fascinada. Tenho certeza de que sua expressão era exatamente igual à que eu fazia toda vez que a via gozar com meu toque. Após uma pausa para recuperar o fôlego, eu saí de sua boca e me ajoelhei no chão de frente para ela, levando minha mão para encontrar a dela no meio de suas pernas. Ela se ajeitou e deixou meus dedos tomarem o controle. Deslizei dois para dentro, entrando fundo e de uma vez, e ela quase tombou para trás, seu corpo se apertando em mim. Usei minha outra mão para apoiá-la e beijei seus lábios, gemendo ao sentir que eles estavam um pouco vermelhos, um pouco inchados.

- Estou quase lá - ela disse, passando o braço livre ao redor do meu pescoço.

- Eu gosto dessa sua necessidade de me avisar disso.

Eu imaginava que um dia meu toque se tornasse familiar demais para ela, ou que minha técnica se tornasse cansativa, mas cada vez que meu polegar raspava e pressionava seu clitóris ela parecia ter uma sensação mais intensa do que antes.

- Mais um - ela sussurrou quase sem voz. - Por favor, eu quero...

Ela não terminou o pensamento. E nem precisava. Enfiei três dedos e fiquei olhando enquanto sua cabeça caía para trás, com os lábios separados e o som rouco e silencioso de seu orgasmo-quase--abafado reverberando por seu corpo.

Por alguns segundos, ficamos abraçados enquanto eu respirava em seus cabelos, tentando imaginar que estávamos em outro lugar, talvez em minha sala de estar ou no meu quarto, certamente não no chão do meu escritório de porta destrancada.

Parecendo se lembrar disso ao mesmo tempo que eu, Chloe subiu sua calcinha e baixou a saia no lugar, depois tomou minha mão para eu levantá-la. Como de costume, fui atingido pelo silêncio ao redor, e imaginei se éramos mesmo tão discretos como pensávamos.

Ela olhou ao redor, ainda um pouco fora do ar, e deu um sorriso preguiçoso.

– Agora vai ser ainda mais difícil ficar acordada na reunião.

– Não estou nem aí – eu murmurei, abaixando para beijar seu pescoço.

Quando me endireitei, ela se virou e entrou no meu lavabo, subindo as mangas da blusa para lavar as mãos. Eu me aproximei, pressionando meu peito em suas costas, e coloquei minhas mãos debaixo da água com as dela. O sabonete deslizou entre nossos dedos e ela pousou a cabeça para trás em meu peito. Eu queria passar uma hora tirando seu cheiro de nossos dedos, apenas para poder ficar nessa posição.

– Vamos passar a noite no seu apartamento? – perguntei. Sempre era uma decisão difícil. Minha cama era melhor para brincarmos, mas sua cozinha era mais abastecida.

Ela desligou a água e levou as mãos até a toalha.

– Sua casa. Tenho que lavar roupas.

– Quem disse que o romantismo não existe mais... – também usei a toalha e a beijei novamente. Ela manteve a boca fechada e os olhos abertos, e eu me afastei um pouco.

– Bennett?

– Humm?

– É verdade sim.

– O quê?

– Eu te amo. Talvez eu não diga isso o bastante. Talvez seja por isso que você usou o bat-sinal.

Eu sorri, com meu coração apertado no peito.

– Eu sei. E não foi por isso que enviei a mensagem. Fiz isso porque ultimamente não recebo sua atenção exclusiva, e eu sou um cretino ganancioso. Minha mãe não te avisou que eu nunca fui bom em compartilhar?

- Depois que mudarmos para Nova York, as coisas vão se acalmar e nós vamos ter mais tempo juntos.

- Em *Nova York*? Duvido! - eu disse. - E, mesmo que as coisas se acalmem, não seria legal se viajássemos um pouco antes de tudo isso?

- Quando? - ela perguntou, então olhou ao redor como se sua agenda lotada preenchesse cada superfície do lugar.

- Nunca vai existir uma data perfeita. E depois que mudarmos os escritórios, tudo vai ficar ainda mais corrido, pelo menos por um tempo.

Ela riu e balançou a cabeça.

- Bom, eu não consigo pensar numa hora pior. Talvez no final do verão? - com um beijo rápido, ela se virou, pegou meu celular em cima da mesa e arregalou os olhos quando viu as horas. - Preciso ir! - disse, me beijando mais uma vez antes de ir embora.

E o assunto morreu ali.

Mas a palavra *férias* continuou em minha mente.

Três

Eu tinha grandes planos para hoje à noite: fazer um jantar, comer com Bennett, finalmente decidir qual apartamento alugar em Nova York, discutir o que levar de sua casa e de meu apartamento, descobrir como arranjar tempo para empacotar tudo.

Ah, e passar as oito horas restantes redescobrindo cada centímetro do corpo do meu cretino irresistível. Duas vezes.

Mas esse era o itinerário antes de ele entrar pela porta de sua casa e me encontrar cozinhando. Antes de jogar o casaco e as chaves no sofá e praticamente correr pela sala. Antes de me agarrar por trás e chupar a pele debaixo da minha orelha como se não me visse há semanas.

Então, nem é preciso dizer que meu planejamento foi reduzido dramaticamente.

Um: jantar. Dois: tirar as roupas.

Mesmo assim, Bennett parecia inclinado a pular passos.

– Nós não vamos conseguir comer nesse ritmo! – eu disse, deixando minha cabeça cair para trás enquanto ele beijava meu pescoço. Senti sua respiração quente em minha pele e a faca que eu segurava caiu na pia.

– E...? – ele sussurrou, pressionando seu quadril na minha bunda antes de me girar para me encarar.

O armário estava duro nas minhas costas. Bennett estava duro na minha frente. Ele se agigantou sobre mim e passou os lábios em meu pescoço.

– E... – eu murmurei. – Comida nem é tão importante assim.

Ele riu suavemente, deslizando as mãos pelas laterais do meu corpo até chegar aos quadris.

– Exatamente. Meu Deus, parece que faz semanas que não toco em você.

– Foi hoje à tarde – eu o corrigi, me afastando apenas o suficiente para olhar em seus olhos. – Foi nesta tarde, lembra? Quando eu chupei você no seu escritório?

– Ah, sim. Acho que lembro de algo desse tipo. Mas minha mente está um borrão só. Quem sabe você não refresca minha memória? Língua... pau...

– Que jeito de falar, Ryan! Sua mãe sabe que você tem a boca tão suja assim?

Ele soltou uma risada.

– Pelo jeito como ela olhou para nós dois depois de transarmos no guarda-volumes do casamento do meu primo, eu diria que sim.

– Fazia duas semanas que eu não te via! – eu disse, sentindo meu rosto esquentar. – Não fique tão convencido, seu bundão.

– Sou o *seu* bundão – ele disse, beijando demoradamente meus lábios. – Não finja que você não gosta – isso eu não podia negar. Ultimamente Bennett passou a maior parte do tempo fora de Chicago, mas ele era todo meu. Ele nunca deixou nenhuma dúvida sobre isso. – E por falar em bundas... – ele esticou o braço e apertou forte o meu traseiro – você nem imagina o que vou fazer com a sua hoje à noite...

Comecei a responder – para discutir ou dizer algo espertinho –, mas não consegui pensar em nada.

– Meu Deus. Você ficou sem palavras! – ele disse, os olhos arregalados com a surpresa. – Se eu soubesse que bastava isso para ter um pouco de paz e sossego, eu teria falado há tempos.

– Eu... humm... – abri e fechei a boca algumas vezes, mas nada saiu. Isso era novidade. Quando a campainha do forno tocou, me forcei a dar um passo para o lado, ainda um pouco abalada.

Tirei o pão do forno e escorri a água do macarrão, sentindo Bennett se mover atrás de mim novamente. Ele enganchou o queixo em meu ombro e envolveu minha cintura com os braços.

– Você tem um cheiro muito bom – ele disse. Sua boca voltou a trabalhar em meu pescoço, enquanto suas mãos começaram uma lenta descida até a barra da minha saia. Fiquei mais do que animada para deixá-lo continuar.

Mas, em vez disso, fiz um gesto mostrando a tábua de corte.

– Você pode terminar a salada para mim, por favor?

Ele grunhiu e me soltou, resmungando alguma coisa enquanto começava a trabalhar do outro lado do balcão.

Uma nuvem de vapor com cheiro de alho subiu da tigela quando despejei o macarrão e o molho juntos, tentando limpar minha mente. Como de costume, isso era impossível quando ele estava por perto. Havia algo em Bennett Ryan que parecia aspirar todo o ar ao meu redor.

Fui pega de surpresa pela força com que me apaixonei por ele, e ultimamente sentia muita saudade quando não estávamos juntos. Às vezes, sozinha em meu quarto vazio, eu falava em voz alta: "Como foi o seu dia?" "Meu novo assistente é hilário." Ou: "Meu apartamento sempre foi silencioso assim?".

Em outros dias, depois de vestir sua camiseta de dormir por tanto tempo que seu cheiro já sumira, eu saía e ia até a sua casa. Eu me sentava na grande poltrona com vista para o lago e ficava imaginando o que ele estaria fazendo. Imaginava se era possível ele sentir por mim pelo menos uma fração da saudade que eu sentia por ele. Deus! Eu nunca entendera as mulheres que agiam desse jeito quando os namorados viajavam. Até então, eu achava que era apenas uma ótima oportunidade para uma boa noite de sono e umas horas de tranquilidade.

De algum jeito, Bennett conseguiu se infiltrar em todas as partes da minha vida. Ele ainda era o homem teimoso e obcecado de sempre, e eu adorava o fato de não ter mudado só porque estávamos juntos. Ele me tratava como uma igual e, apesar de eu saber que ele me amava mais do que qualquer coisa, ele nunca me dava qualquer folga. Por isso, eu o amava ainda mais.

Levei os pratos para a mesa e olhei para trás por cima do ombro. Bennett ainda estava resmungando enquanto fatiava os tomates.

– Você ainda está reclamando? – eu perguntei.

– É claro! – ele trouxe a salada e deu um tapa na minha bunda antes de puxar a cadeira para eu sentar.

Ele nos serviu o vinho e sentou na minha frente. Ficou me olhando enquanto eu tomava um gole; olhou para meus lábios e subiu para meu rosto. Um doce sorriso surgiu no canto de sua boca, mas então ele pareceu voltar a se concentrar, como se estivesse lembrando de algo.

– Faz tempo que eu queria perguntar: como vai a Sara?

Sara Dillon tinha se formado no mesmo MBA que eu, mas saíra da RMG para trabalhar em outra empresa. Ela era uma das minhas melhores amigas, e Bennett lhe oferecera o cargo de Diretora de Finanças na nova filial, mas ela recusara, pois não queria deixar sua vida e sua família em Chicago. Ele não a culpou, é claro, mas o grande dia se aproximava e ainda não tínhamos achado ninguém para o cargo, e eu sabia que ele estava começando a se preocupar.

Eu dei de ombros, lembrando da conversa que tivemos mais cedo. O babaca do noivo da Sara foi fotografado beijando outra mulher, e agora parecia que ela finalmente enxergava algo que todos já sabiam: Andy era um traidor idiota.

– Ela está bem, eu acho. Andy continua dizendo que foi uma armação. O nome da outra mulher ainda aparece nos jornais toda semana. Você conhece a Sara. Ela não vai mostrar para o mundo o que está sentindo, mas eu sei que está completamente devastada por causa disso.

Ele concordou.

– Você acha que ela finalmente vai por um fim nisso? Finalmente vai parar de aceitar as desculpas dele?

– Quem sabe? Eles estão juntos desde que ela tinha vinte e um anos. Se não o deixou até agora, talvez nunca deixe.

– Eu queria ter seguido minha intuição e dado um soco na cara dele no evento da Smith House no mês passado. Que babaca estúpido.

– Tentei convencer Sara a se mudar para Nova York, mas... ela é tão teimosa!

– Teimosa? Eu não consigo acreditar que vocês são tão amigas... – ele disse, irônico.

Joguei um tomate nele.

A conversa do jantar foi toda sobre o trabalho, sobre arrumar os novos escritórios e todas as peças que ainda precisavam se encaixar para isso dar certo. Começamos a discutir se a família dele deveria voltar para Nova York antes da abertura da filial, e eu perguntei:

– Quando seu pai voltou para Chicago?

Esperei um momento, mas quando Bennett não respondeu, olhei para ele e fiquei surpresa ao vê-lo mexendo sua comida de um lado para o outro no prato.

– Está tudo bem aí, Ryan?

Alguns segundos de silêncio se passaram antes de ele responder:

– Sinto falta de ter você trabalhando para mim.

Senti meus olhos se arregalarem.

– O quê?

– Eu sei. Também não faz nenhum sentido para mim. Nós éramos péssimos um para o outro e a situação era impossível – caramba, isso era um grande eufemismo. O fato de termos trabalhado no mesmo escritório por dez meses, sem que um banho de sangue acontecesse, *ainda* me causava surpresa. – Mas... – ele continuou, me encarando do outro lado da mesa – eu via você todos os dias. Era algo previsível. Consistente. Eu te provocava e você me provocava. Foi o período mais divertido que eu já tive no trabalho. E eu subestimei a importância daquilo.

Baixei minha taça de vinho na mesa e olhei em seus olhos, sentindo uma esmagadora onda de afeição por aquele homem.

– Isso... faz sentido – eu disse, buscando as palavras certas. – Acho que também não percebi a importância de te ver todos os dias. Mesmo querendo envenenar você em vinte e sete ocasiões diferentes.

– Idem – ele respondeu, com um sorrisinho. – E às vezes eu me sinto culpado pelas minhas fantasias de te jogar pela janela. Mas eu certamente planejo compensar tudo isso hoje – ele pegou sua taça e tomou um longo gole.

– É mesmo?

– Com certeza. Eu tenho uma lista.

Levantei a sobrancelha em um questionamento silencioso.

– Bom, primeiro vou tirar sua saia – ele se inclinou para olhar debaixo da mesa. – Eu deveria te xingar por usar essa calcinha de renda só para me torturar, mas nós dois sabemos que eu gosto desse tipo de coisa.

Fiquei olhando enquanto ele se endireitava e se recostava na cadeira, colocando as mãos atrás da cabeça. O peso de sua atenção fez minha pele se arrepiar. Qualquer outra pessoa ficaria intimidada – eu ainda me lembrava do tempo em que isso acontecia também comigo –, mas agora tudo que senti foi adrenalina, uma excitação que partiu do meu peito e chegou ao meu estômago, quente e pesada.

– E essa blusa – ele continuou, com os olhos em meu peito agora. – Eu quero rasgar e ouvir o som desses pequenos botões saltando e se espalhando pelo chão.

Cruzei minhas pernas e engoli em seco. Ele imitou meu movimento, com um sorriso vagarosamente se erguendo nos cantos de sua boca.

– Depois, talvez eu deite você em cima da mesa – ele se apoiou na mesa, testando sua robustez. – Vou colocar suas pernas nos meus ombros e te chupar até você *implorar* pelo meu pau.

Tentei não mostrar reação, tentei fugir de seu olhar. Mas não consegui. Limpei a garganta e senti minha boca seca.

– Você poderia ter feito isso na noite passada – eu disse, provocando-o.

– Não. Ontem estávamos cansados e eu só queria sentir você gozar. Hoje, quero ir devagar, tirar sua roupa, beijar cada lugar do seu corpo... e te foder. E olhar você me fodendo.

Por acaso está ficando quente por aqui?

– Você está muito confiante, não é? – eu perguntei.

– Com toda a certeza.

– E o que faz você pensar que eu também não tenho uma lista? – fiquei de pé, ignorei a sobremesa e andei até ficar de frente para ele. Seu pau já estava duro e apertado contra a calça justa. Ele seguiu meu olhar e sorriu de volta, as pupilas tão negras e dilatadas que quase apagavam o castanho ao redor.

Eu queria rasgar minhas roupas e sentir o calor de seu olhar em minha pele. Queria acordar de manhã exausta, cheia de marcas e ainda com a lembrança de seus dedos pressionando dentro do meu corpo. Como ele conseguia, apenas com um olhar e algumas palavras safadas, fazer eu me sentir assim?

Bennett virou sua cadeira e eu me posicionei entre suas pernas, estendendo o braço para arrumar seu cabelo – aquele eterno cabelo de quem acabou de transar. As suaves mechas deslizaram entre meus dedos e eu inclinei sua cabeça para trás, trazendo seus olhos para os meus. *Senti tanta saudade*, eu queria dizer. *Fique. Não vá para longe de mim. Eu te amo.*

As palavras ficaram presas em minha garganta e apenas um "oi" conseguiu escapar.

Bennett pendeu a cabeça para o lado, aumentando seu sorriso enquanto olhava para mim.

– Oi – suas mãos quentes agarraram minha cintura e me puxaram para perto. Ele riu com minha palavra solitária, e eu sabia que ele entendia minha mente como se fosse um livro aberto, enxergando cada pensamento tão claramente como se estivesse escrito na minha testa com tinta. Não é que eu me sentisse desconfortável dizendo "eu te amo", é só que tudo era tão novo! Eu nunca dissera isso para ninguém, e às vezes me sentia assustada, como se fosse preciso abrir meu peito e entregar meu coração.

Sua mão subiu e pousou em meu seio, o polegar acariciando a parte de baixo.

– Não consigo parar de pensar no que tem debaixo dessa blusinha linda – ele disse.

Eu ofeguei e senti meus mamilos enrijecerem debaixo do leve tecido de caxemira. Ele abriu um botão, depois outro, até a blusa se abrir e seus olhos se moverem para o pequeno sutiã que eu usava. Ele gemeu com aprovação.

– Isso é novo.

– E caro. *Não* estrague – adverti.

Ele não conteve seu sorriso convencido.

– Eu nunca faria isso.

– Você comprou uma camisola de quatrocentos dólares e usou para me amarrar na cama, Bennett.

Ele riu e tirou minha blusa pelos ombros, me desembrulhando devagar, como se fosse um presente. Longos dedos se moveram até a cintura da minha saia e o som do zíper preencheu a sala. Ele fez como prometido, descendo a lã lentamente pelas minhas pernas até os pés, deixando-me apenas com o sutiã de renda e minha calcinha minúscula.

O ar-condicionado ligou automaticamente e um som grave se espalhou pelo apartamento, trazendo uma lufada de ar gelado que envolveu minha pele. Bennett me puxou para o seu colo, com minhas pernas envolvendo seu corpo. O tecido áspero de sua calça raspou contra a nudez de minhas coxas e minha bunda. Eu deveria me sentir vulnerável desse jeito – eu com tão pouca roupa, ele todo vestido –, mas eu apreciei o momento. Parecia muito com nossa primeira noite juntos em sua casa, depois da minha apresentação, depois que admitimos não querer mais ficar separados e ele me deixou amarrá-lo para que eu tivesse coragem de ouvir o quanto eu o machucara.

E então percebi que essa posição era intencional. E suspeitei que ele também estava pensando sobre aquela noite. Seus olhos brilharam com tanta vontade, tanta adoração, que eu não pude evitar uma sensação de poder, como se não houvesse um pedido meu que aquele homem não atenderia.

Levei as mãos até os botões de sua camisa, querendo vê-lo nu por cima de mim, atrás de mim – em todas as posições. Eu queria sentir seu sabor, marcar sua pele com arranhões e depois percorrer as marcas com meus dedos, lábios e dentes. Eu queria deitá-lo na mesa e transar com ele até que qualquer pensamento sobre sair daquela sala fosse apenas uma memória distante.

Em algum lugar da casa, um celular tocou. Nós congelamos e ficamos em silêncio, apenas esperando, desejando que fosse só um engano e que a chamada parasse rapidamente. Mas aquele toque agudo – um som que já me era muito familiar – voltou a preencher o espaço. Trabalho. Era o toque da emergência. E não uma emergência comum – era uma emergência *de verdade*. Bennett praguejou, pousando a testa em meu peito. Meu coração batia acelerado e minha respiração parecia rápida e alta demais.

– Merda, desculpa – ele disse quando o toque continuou. – Eu preciso...

– Eu sei – fiquei de pé, usando o encosto da cadeira para apoiar minhas pernas bambas.

Bennett esfregou as mãos no rosto antes de se levantar, cruzar a sala e pegar seu celular no bolso do casaco que deixara sobre o sofá.

– Alô – ele disse, e então ficou apenas escutando.

Eu abaixei para apanhar e vestir minha blusa, encontrei minha saia e a puxei até a cintura. Levei a louça até a cozinha enquanto ele falava. Eu estava tentando dar privacidade a ele, mas comecei a ficar preocupada ao ouvir sua voz ficar cada vez mais alta.

– O que você quer dizer com "eles não sabem onde está"? – ele gritou. Encostei na porta e fiquei observando enquanto ele andava de um lado para o outro em frente à ampla parede repleta de janelas. – A reunião é amanhã e alguém *perdeu o arquivo principal*? Não tem mais ninguém para cuidar disso? – uma pausa se seguiu e eu podia jurar que *vi* a pressão sanguínea dele subir. – *Você está brincando?* – outra pausa. Bennett fechou os olhos com força e respirou fundo. – Certo. Estarei aí em vinte minutos.

Quando desligou o celular, ele parou por um momento antes de olhar para mim.

– Tudo bem – eu disse.

– Não, não está.

Ele estava certo. Não estava tudo bem. Aquilo era uma droga.

– Não tem mais ninguém que possa cuidar disso?

– Quem? Não posso confiar algo tão importante àqueles idiotas incompetentes. A conta da Timbk2 vai ser lançada amanhã e a equipe de marketing não consegue achar o arquivo com as especificações financeiras – ele parou e balançou a cabeça, depois pegou o casaco. – Deus, precisamos de alguém em Nova York que saiba o que fazer. Desculpa, Chlo.

Bennett sabia o quanto nós dois precisávamos daquela noite, mas ele também tinha um trabalho para cuidar. Eu sabia disso melhor do que ninguém.

– Vá – eu disse, encurtando a distância entre nós. – Vou estar aqui quando você terminar – entreguei-lhe as chaves e fiquei na ponta dos pés para beijá-lo.

– Na minha cama?

Concordei.

– Vista minha camiseta.

– Só sua camiseta.

– Eu te amo.

Eu sorri.

– Eu sei. Agora vá salvar o mundo.

Quatro

Você tem que estar brincando.

Girei a chave na ignição e acelerei até o indicador de rotações por minuto atingir o vermelho. Eu queria queimar o asfalto, deixando a marca preta dos pneus na rua como um sinal da minha frustração.

Eu estava cansado. *Merda*, eu estava mesmo cansado, e odiava ter que arrumar a bagunça dos outros no trabalho. Eu vinha trabalhando por doze, quinze, inferno, até dezoito horas por dia há meses, e na única noite em que pude deixar tudo de lado e ter um tempo com Chloe em casa, recebo uma ligação de emergência.

Fiz uma pausa quando essa palavra ficou reverberando em minha mente: *casa*.

Fosse na minha casa ou na dela, fosse saindo com os amigos ou indo àquele restaurante chinês de que ela gostava tanto, com ela eu me sentia *em casa*. A parte mais estranha era que a casa que me custara uma fortuna *nunca* parecera um lar até ela começar a passar um tempo por lá. Será que ela também sentia que sua casa era onde quer que estivéssemos juntos?

Ainda nem tivéramos a chance de escolher onde íamos morar em Nova York. Encontramos um bom lugar para a RMG, fizemos um mapa com todos os novos escritórios, desenhamos as plantas, planejamos as reformas e contratamos uma designer... mas não escolhemos um apartamento para morar.

O que era o maior sinal de que velhos hábitos custam a morrer, pois, na realidade, minha relação com ela mudara completamente minha relação com o trabalho. Apenas um ano atrás, eu estava comprometido com apenas uma coisa: minha carreira. Agora, o que mais importava para mim era Chloe, e sempre que minha carreira atrapalhava meu tempo com ela, isso me consumia por dentro. Eu nem sei especificamente quando isso aconteceu, mas suspeito que a mudança surgiu muito antes de eu admiti-la. Talvez tenha sido na noite em que Joel foi jantar na casa dos meus pais. Ou talvez no dia seguinte, quando eu caí de joelhos diante dela e me desculpei da única maneira que eu sabia. Talvez tenha até sido antes de tudo isso, na primeira noite em que eu a beijei, desesperadamente, na sala de conferência, em meu momento de maior fraqueza. Graças a Deus eu fui tão idiota!

Olhei para o relógio no painel. A data, iluminada em vermelho, me atingiu como um soco no peito: cinco de maio. Exatamente um ano atrás, eu assistira Chloe sair do avião vindo de San Diego, com os ombros curvados de raiva e dor por eu ter praticamente a jogado debaixo de um ônibus depois de ela salvar a minha pele com um cliente. No dia seguinte, ela pediu demissão e me deixou. Eu pisquei os olhos, tentando tirar essa lembrança da minha mente. *Ela voltou*, lembrei a mim mesmo. Nós tínhamos acertado os ponteiros nos últimos onze meses e, apesar de toda minha frustração com a agenda do trabalho, eu nunca estivera tão feliz. Ela era a única mulher que eu queria.

Lembrei da última vez que terminara uma relação, com Sylvie, quase dois anos antes. Nosso namoro começara como uma escada rolante: com um solitário primeiro passo e depois seguindo automaticamente em uma mesma direção. Começamos de um jeito amigável e rapidamente entramos na intimidade física. A situação funcionava perfeitamente para mim, pois ela me oferecia companhia e sexo, e nunca pedia nada além do que eu oferecia. Quando terminamos, ela admitiu que sabia que não daria mais. Disse que, por um tempo, o sexo e a quase-intimidade foram suficientes, mas que não era mais o bastante.

Após um longo abraço e um último beijo, eu a deixei partir. Fui jantar sozinho e em silêncio no meu restaurante favorito, e depois fui direto para a cama, onde dormi a noite inteira. Nada de drama. Nada de coração partido. Tudo acabou e fechei a porta dessa parte da minha vida, completamente pronto para seguir em frente. Três meses depois, voltei para Chicago.

Foi engraçado comparar aquela época à minha reação quando perdi Chloe. Eu praticamente me transformei em um mendigo, sem comer, sem tomar banho e sobrevivendo inteiramente com uísque e autopiedade. Eu lembro de ficar obcecado com cada detalhe que Sara me trazia sobre Chloe – como estava sua aparência, como estava lidando com tudo – a partir do qual eu tentava adivinhar se ela sentia minha falta e se estava tão miserável quanto eu.

O dia que Chloe voltou para a RMG, coincidentemente, foi o último dia de Sara na empresa. Embora tivéssemos feito as pazes, Chloe tinha insistido que deveria continuar a dormir em sua casa e eu na minha, para podermos descansar um pouco. Então, após uma manhã caótica, entrei na sala de descanso e encontrei Chloe atacando um pacote de amêndoas e lendo alguns relatórios de marketing. Sara estava esquentando algumas sobras no micro-ondas, depois de recusar nossas tentativas de preparar um grande almoço de despedida. Eu tinha ido até lá para tomar uma xicara de café, e nós três ficamos quietos por uns quinze minutos.

Então, finalmente, quebrei o silêncio.

– Sara – eu disse, sentindo o volume da minha voz alto demais. Seus olhos se viraram para mim, arregalados e límpidos. – Obrigado por me procurar no dia em que Chloe se afastou. Obrigado por me atualizar sempre que podia. Por isso, e outras razões, eu sinto muito por você ir embora.

Ela deu de ombros, passando a mão nos cabelos e me dando um pequeno sorriso.

– Apenas estou feliz em ver vocês dois juntos de novo. As coisas estavam quietas demais por aqui. E por "quietas", quero dizer "chatas". E por "chatas", quero dizer ninguém gritando ou chamando o outro de megera odiosa – ela tossiu e tomou um gole de sua bebida, de uma forma barulhenta e quase cômica.

Chloe gemeu.

– Isso não vai mais acontecer, eu te asseguro – ela jogou uma amêndoa na boca. – Ele pode não ser mais meu chefe, mas definitivamente ainda adora gritar.

Rindo, dei uma olhada em sua bunda quando ela se abaixou para pegar uma garrafa de água na parte de baixo da geladeira.

– Mesmo assim – eu disse, virando de novo para Sara –, eu te agradeço por ter me mantido atualizado. Sem isso, eu provavelmente enlouqueceria.

Os olhos de Sara relaxaram e, quando começou a mexer os dedos inquieta, eu percebi que ela ficou um pouco desconfortável com a minha rara demonstração de sentimentos.

– Como eu disse, estou feliz por ter funcionado. Vale a pena lutar por esse tipo de coisa – ela ergueu o queixo e deu um último sorriso para Chloe antes de sair da sala.

A felicidade que eu senti após o retorno de Chloe facilitou ignorar os sussurros que nos seguiam pelos corredores da empresa. Eu tinha meu escritório e ela agora tinha o dela, e nós dois estávamos determinados a provar a todos (e a nós mesmos) que conseguiríamos conciliar isso.

Conseguimos ficar separados por quase uma hora inteira.

– Senti saudade de você – ela disse, entrando na minha sala e fechando a porta. – Você acha que eles vão me dar minha antiga sala de volta?

– Não. Por mais que eu goste dessa ideia, seria completamente inapropriado.

– Eu meio que estava brincando – ela revirou os olhos e fez uma pausa, olhando ao redor. Eu quase podia ver as memórias voltando à sua mente: quando abriu as pernas em cima da mesa para mim, quando eu a fiz gozar com meus dedos para distraí-la de suas preocupações e, imagino, todas as vezes que sentamos juntos no escritório, sem falar aquilo que deveríamos ter falado há tanto tempo.

– Eu te amo – eu disse. – Eu te amo faz um bom tempo.

Ela piscou os olhos, se aproximou e me beijou. Então me puxou para o banheiro e implorou para eu fazer amor com ela contra a parede, ao meio-dia de uma segunda-feira.

Enquanto eu entrava na garagem do escritório e estacionava em minha vaga, lembrei das palavras de Sara. *Vale a pena lutar por essas coisas.* Sara seguia seu próprio conselho com o pior mulherengo de Chicago. Ela cuidou de mim quando sabia que eu estava perdido sem Chloe. Em comparação, deixei Sara continuar com um homem que eu sabia ser infiel, tudo porque sentia que interferir não era o meu papel. Onde eu estaria se Sara tivesse pensado o mesmo?

Perguntando-me o que essa atitude dizia sobre mim, saí do carro e entrei no saguão principal. O segurança da noite acenou e voltou a ler seu jornal enquanto eu andava até os elevadores. O prédio estava tão vazio que eu podia ouvir cada som das máquinas ao meu redor. As polias trabalhavam e o elevador soltou um pequeno barulho quando chegou ao 18º andar.

Eu sabia que mais ninguém estava ali. A equipe estava se virando para encontrar a versão mais recente do arquivo, e no meio de seu pânico eles estavam, provavelmente, olhando nos laptops pessoais de todo mundo. Duvido que alguém tivesse pensado em ir até ali e checar os servidores do trabalho.

No fim, tive que deixar Chloe em casa por causa de um trabalho que durou apenas vinte e três minutos, era por isso que meu humor na segunda-feira era terrível. Eu odiava ter que fazer o trabalho dos outros. O contrato fora nomeado errado e – exatamente como suspeitei – colocado na pasta errada do servidor. Na verdade, uma cópia física estava em cima da minha mesa, onde alguém com competência poderia tê-lo encontrado, e poupado essa minha viagem até ali. Enviei o arquivo para um dos meus executivos de marketing e fiz várias cópias do documento, destacando na primeira página os responsáveis e deixando uma cópia na mesa de cada um dos envolvidos antes de finalmente ir embora. De certa maneira, foi um gesto bem cretino da minha parte. Mas isso é o que eles ganham quando me tiram de Chloe.

Eu sabia que esses pequenos inconvenientes me irritavam mais do que o normal, mas é esse tipo de detalhe que define uma equipe. E era exatamente por isso que eu precisaria de uma pessoa extremamente competente no escritório de Nova York. De volta ao carro, resmunguei enquanto dava a partida no motor, sabendo que isso era apenas mais uma das coisas que eu precisaria resolver no mês seguinte.

Com meu humor atual, eu não podia voltar para Chloe. Eu apenas seria uma companhia irritada e ranzinza... e não de um jeito divertido.

Deus, eu só queria *ficar com ela*. Por que isso precisava ser tão difícil? Nós já tínhamos tão pouco tempo do jeito que as coisas estavam, eu não queria desperdiçar ainda mais tempo por estar estressado com o trabalho, com a busca por um apartamento, com a busca por uma pessoa que conseguisse trabalhar sem precisar de uma babá. Nós reclamávamos por não nos vermos tanto quanto queríamos, por trabalhar tanto... Então, por que simplesmente não... concertávamos isso? Podíamos viajar. Chloe pensava que essa era uma hora ruim, mas quando é que a hora seria boa? Ninguém iria simplesmente nos entregar um tempo livre, e desde quando eu sou o tipo de pessoa que espera algo acontecer?

Foda-se isso. Dê um jeito.

– Acorda para a vida, Ben! – minha voz ecoou no interior do carro e, após uma rápida olhada para o relógio, para me certificar de que não estava ligando tarde demais, peguei meu celular e disquei o número. Dirigi para fora da garagem e entrei na Michigan Avenue.

Após seis chamadas, a voz de Max surgiu nos alto-falantes do carro.

– Fala, Ben!

Eu sorri, acelerando para longe do trabalho e seguindo para um dos lugares mais familiares do mundo para mim.

– Max, como vai você?

– Tudo bem. Tudo ótimo. E o que é essa boataria toda que estou ouvindo sobre você mudar suas coisas para Nova York?

Assenti e disse:

– Pois é, estaremos aí em pouco mais de um mês. Vamos ficar entre a Fifth Avenue e a 50th Street.

– Perfeito, fica perto do meu escritório. Vamos nos encontrar quando você chegar... – sua voz sumiu de repente.

– Sim, sim, com certeza – eu hesitei, sabendo que Max provavelmente estava imaginando por que eu lhe ligara às onze e meia da noite em uma terça-feira. – Olha, Max, eu queria pedir um favor.

– Manda.

- Eu queria viajar um pouco com minha namorada e...

- *Namorada?* - sua risada preencheu o carro.

Eu ri também. Eu tinha certeza de que nunca apresentara ninguém para Max dessa maneira.

- A Chloe, sim. Nós trabalhamos na RMG e estamos entalados até o pescoço com a campanha da Papadakis. Está indo tudo bem até agora, e talvez a gente arrume um tempinho antes de mudarmos... - eu hesitei novamente, sentindo as palavras fugirem de mim. - Seria maluco demais se eu contratasse alguém para fazer a nossa mudança e encontrar um lugar para a gente em Nova York enquanto nós dois apenas... *fugimos* por algumas semanas? Apenas para sair da cidade?

- Isso não parece loucura para mim, Ben. Na verdade, parece a melhor maneira de se manter são.

- Eu também acho. E sei que é impulsivo, mas eu estava pensando em levar Chloe para a França. Queria saber se você ainda tem aquela casa em Marselha, e se poderíamos alugar por algumas semanas.

Max estava rindo silenciosamente.

- Sim, ainda tenho. Mas esqueça essa coisa de alugar, pode usar sem se preocupar. Vou te passar o endereço agora mesmo e pedir para Inès ir limpar para vocês. O lugar está vazio desde que passei o Natal lá - ele fez uma pausa. - Quando você está pensando em ir?

O aperto em meu peito pareceu dar uma trégua quando o plano começou a se solidificar em minha mente.

- Neste fim de semana?

- Claro, vou cuidar de tudo. Quando tiver os detalhes do seu voo, envie para mim. Vou ligar para ela amanhã de manhã e dizer para encontrar você lá com as chaves.

- Isso é fantástico. Obrigado, Max. Fico devendo uma.

Eu podia praticamente ver seu sorrisinho quando ele disse:

- Vou me lembrar disso.

—

Eu me senti relaxado pela primeira vez em décadas e aumentei o volume do rádio, imaginando nós dois entrando no avião, sem nada pela frente exceto tardes ensolaradas, longas manhãs preguiçosas na cama e a melhor comida e vinho que o mundo podia oferecer.

Mas eu precisava fazer mais uma parada. Eu sabia que era tarde para ir até a casa dos meus pais, mas eu não tinha escolha. Minha mente estava girando com planos e eu não poderia ir para a cama até que cada detalhe estivesse decidido.

Na viagem de vinte minutos até a casa deles, eu liguei e deixei uma mensagem para a minha agente de viagens. Depois deixei um recado para meu irmão Henry dizendo que viajaria por três semanas. E não me permiti imaginar sua reação. Nós tínhamos um novo escritório, tudo no trabalho já estava preparado e o empacotamento podia ficar a cargo de outra pessoa. Deixei uma mensagem para cada um dos meus executivos seniores falando sobre meu plano e o que eu esperava de cada um na minha ausência. E então baixei as janelas e deixei o ar gelado da noite me envolver, levando todo o meu estresse para longe.

—

Estacionando na frente da casa dos meus pais, eu ri ao lembrar da primeira vez que Chloe e eu viemos até ali como um casal.

Três dias haviam se passado desde sua apresentação do MBA. Durante dois desses dias nós pouco saímos da minha casa ou da minha cama. Mas, após as constantes ligações e mensagens da minha família nos convidando para jantar e me pedindo para *compartilhar* um pouco da Chloe, nós concordamos em encontrá-los na casa dos meus pais. Todos estavam com saudade dela.

Nós conversamos bastante durante a viagem, rindo e nos provocando, minha mão livre entrelaçada com a dela. Com os dedos da outra mão, ela distraidamente fazia pequenos círculos no topo do meu pulso, como se quisesse ter certeza de que era tudo real, de que eu era real, de que nós éramos reais. Ainda não tínhamos encarado o mundo exterior, com exceção da primeira noite, em que saímos com suas amigas. A transição com certeza seria um pouco estranha. Mas eu nunca imaginaria que Chloe ficaria ansiosa por causa disso. Ela sempre encarara todos os desafios com sua própria dose de coragem.

Apenas quando já estávamos de pé em frente à casa e eu estava abrindo a porta, percebi que sua mão estava trêmula.

- O que foi? - soltei sua mão e a virei para me encarar.

Ela deu de ombros.

- Nada. Estou bem.

- A quem você quer enganar?

Ela me lançou um olhar irritado.

- Estou bem. Apenas abra logo a porta.

- Uau! - eu disse, surpreso. - Chloe Mills está nervosa de verdade.

Desta vez ela parou para me encarar direto nos olhos.

- Você reparou? Meu Deus, você é um gênio. Alguém deveria te contratar como CEO e te dar um escritório grande e chique - então, ela estendeu o braço para abrir a porta.

Eu a impedi de girar a maçaneta e um sorriso malicioso se espalhou em meu rosto.

- Chloe?

- É que eu não os vi mais desde... você sabe. E eles sabem como você ficou quando... - ela fez um gesto ao redor, e eu entendi que ela queria dizer - quando Bennett estava um completo desastre depois que Chloe foi embora. Só... vamos tentar não fazer nenhum drama, certo? Estou bem - ela completou.

- Estou apenas me divertindo com essa rara visão da Chloe nervosa. Me dê um segundo, quero aproveitar o momento.

- Vá se foder.

- Você quer me foder? - dei um passo em direção a ela, até seu corpo ficar pressionado contra o meu. - Você está tentando me seduzir, srta. Mills?

Finalmente, ela riu, os ombros desistindo de sua tensa determinação.

– Apenas não quero que seja...

A porta da frente se abriu de repente e Henry apareceu, dando um grande abraço em Chloe.

– Aí está você!

Chloe olhou para mim por cima do ombro do meu irmão e riu.

– ... constrangedor – ela completou, envolvendo os braços ao redor dele.

Meus pais estavam de pé atrás da porta, mostrando os maiores sorrisos que eu já vi. Os olhos da minha mãe estavam estranhamente molhados.

– Você ficou longe por tempo demais – Henry disse, soltando minha namorada e olhando para mim.

Resmunguei em minha mente e percebi que aquela noite poderia rapidamente se transformar em uma reedição da novela "O quanto a pobre Chloe sofreu nas mãos do cruel Bennett" – e a personalidade difícil da srta. Mills seria completamente omitida da história.

Ainda bem que ela estava incrível naquele vestidinho preto. Eu precisava de uma distração.

Eu havia ligado para o meu pai na manhã da apresentação de Chloe, avisando que pretendia aparecer por lá e convencê-la a apresentar a conta da Papadakis. E também disse que pediria para ela me aceitar de volta. Como de costume, meu pai me apoiou, mas de um jeito reservado, dizendo que seja lá o que Chloe respondesse, ele estava orgulhoso de mim por ir atrás daquilo que eu queria.

"O que eu queria" agora estava entrando na casa e abraçando minha mãe e meu pai, antes de olhar para mim.

– Não sei por que eu estava preocupada – ela sussurrou.

– Você estava nervosa? – minha mãe perguntou, com olhos arregalados.

– É que eu sumi tão de repente. Eu me senti culpada por causa disso e por passar tanto tempo sem ver nenhum de vocês...

- Não, não, não, você precisava se entender com Bennett! - Henry disse, ignorando meu suspiro irritado. - Acredite, nós entendemos.

- Vamos lá - eu grunhi, puxando-a de volta. - Não precisamos fazer drama.

- Eu já sabia - minha mãe sussurrou, pousando as mãos no rosto de Chloe. - Eu já sabia.

- Mas que diabos, mãe! - eu me aproximei e a abracei, antes de fazer uma cara feia para ela. - Você sabia disso mesmo quando combinou o jantar com Joel?

- Você nunca ouviu dizer "use logo ou desocupe a moita"? - Henry disse.

- Essa não é a frase que eu usaria, Henry Ryan - minha mãe lançou um olhar bravo para ele e depois envolveu Chloe com o braço, conduzindo-a pelo corredor. E se virou para falar comigo por cima do ombro. - Pensei que se você não queria enxergar o que estava na sua frente, então outra pessoa merecia uma chance.

- O pobre Joel nunca teve chance alguma - meu pai murmurou, surpreendendo a todos e aparentemente a si próprio. Ele ergueu a cabeça e começou a rir. - Alguém precisava dizer isso.

Saindo do carro, eu sorri com a lembrança do resto da noite: os dez minutos em que todos rimos e compartilhamos nossas histórias sobre ter infecção alimentar em momentos inoportunos, o inacreditável *crème brûlée* que minha mãe serviu no jantar e, mais tarde, o jeito como eu e Chloe mal chegamos em casa e já caímos em um emaranhado de pernas e braços no chão da minha sala de estar.

Girei a maçaneta da porta da frente, sabendo que meu pai estaria acordado, mas esperando não acordar minha mãe. A maçaneta fez um chiado e eu empurrei a porta com o cuidado de sempre, levantando-a um pouco onde eu sabia que a madeira raspava no chão.

Mas, para minha surpresa, minha mãe me recebeu na entrada, vestindo seu velho roupão púrpura e segurando duas xícaras de chá.

- Não sei por quê - ela disse, me oferecendo uma xícara -, mas eu tinha certeza de que você iria aparecer por aqui hoje.

– Intuição de mãe? – eu disse, aceitando a xícara e beijando seu rosto. Eu me demorei um pouco, tentando manter minhas emoções controladas.

– Algo desse tipo – lágrimas desceram de seus olhos e ela se virou antes que eu pudesse dizer alguma coisa. – Venha, eu sei por que você está aqui. Está lá na cozinha.

Cinco

– E você tem certeza de que vamos conseguir as assinaturas a tempo? – perguntei para minha assistente, que checou seu relógio e escreveu alguma coisa em seu bloco de notas.

– Sim. Aaron está vindo agora mesmo. Elas estarão aqui até o meio-dia.

– Ótimo – eu disse, fechando e devolvendo os arquivos. – Vamos dar uma última olhada antes da reunião e, se tudo der certo...

A porta da recepção se abriu e Bennett entrou com um olhar muito determinado. Minha assistente soltou uma exclamação aterrorizada e eu fiz um gesto dispensando-a. Ela praticamente saiu correndo.

As longas pernas de Bennett o carregaram através da sala em poucos passos. Ele parou em frente à minha mesa e jogou dois envelopes brancos em cima de uma pilha de relatórios de marketing.

Olhei para os envelopes e depois para o seu rosto.

– Algo aqui parece muito familiar – eu disse. – Quem de nós vai escancarar a porta e correr escada abaixo?

Ele revirou os olhos.

– Apenas abra.

– Bom dia para você também, sr. Ryan.

– Chloe, não seja mal-humorada.

– Por quê? Só você tem esse direito?

Seu olhar ficou mais suave e ele se inclinou na mesa para me beijar. Na noite anterior ele voltara tarde para casa, e eu já estava dormindo fazia tempo. Acordei com o som do despertador e encontrei seu corpo quente e nu junto ao meu. Eu merecia algum tipo de medalha por ter conseguido sair daquela cama.

– Bom dia, srta. Mills – ele disse suavemente. – Agora, abra os malditos envelopes.

– Se você insiste. Mas não diga que eu não avisei. Geralmente, quando você joga algo na minha mesa, as coisas nunca ficam bem. Bom, pelo menos não para mim. Talvez você possa corrigir isso...

– *Chloe*.

– Tá bom, tá bom – abri o envelope que tinha meu nome e puxei um papel. – É uma passagem de avião. Chicago para França – olhei em seu rosto. – A empresa vai me enviar para algum lugar?

Bennett parecia brilhar e, francamente, ele ficava tão bonito assim que fiquei aliviada por estar sentada.

– França. Marselha, para ser exato. A outra passagem também está aí.

Passagens aéreas, um envelope para cada um de nós. Saída marcada para sexta-feira. Estávamos na terça.

– Eu... não estou entendendo. Nós vamos para a França? Isso tem alguma coisa a ver com a noite passada? Nós temos uma vida ocupada, Bennett. Esse tipo de coisa sempre vai acontecer. Eu juro que não fiquei brava.

Ele circulou a mesa e se ajoelhou na minha frente.

– Não. Não tem nada a ver com a noite passada. Tem a ver com muitas noites. Tem a ver com colocar em primeiro lugar aquilo que importa. E isto – ele disse, apontando para nós dois –, isto é o que importa. Nós mal nos vemos nos últimos tempos, Chloe, e isso não vai mudar quando chegarmos em Nova York. Eu te amo. Eu *sinto falta* de você.

– Também sinto sua falta. Mas... estou um pouco surpresa. A França é... realmente longe, e ainda temos tanta coisa para fazer e...

– Não é só a França. Vamos para uma casa particular, uma casa de campo. Pertence a um amigo meu, o Max, aquele que fez faculdade comigo, lembra? É uma casa linda, grande e *vazia* – ele acrescentou. – Com uma cama gigante, *várias* camas. Uma piscina. Podemos cozinhar e andar pelados, e nem precisamos atender ao telefone se não quisermos. Vamos lá, Chlo.

– Adorei essa parte de cozinhar-e-andar-pelados – eu disse. – Pois é com esse argumento que você me convenceria de vez.

Ele se aproximou, claramente percebendo que minha resistência se dissolvia.

– Eu me orgulho de sempre conhecer meu oponente, srta. Mills. Então, o que você diz? Vamos? Por favor?

– Meu Deus, Bennett. São dez horas da manhã e você está me matando com esse sonho distante.

– Eu até pensei em drogar você e te carregar daqui em cima do meu ombro, mas seria difícil passar pela alfândega desse jeito.

Respirei fundo e olhei mais uma vez para as passagens.

– Certo, então nós vamos no dia nove e voltamos... Espera aí, isso aqui está certo?

Ele seguiu meu olhar.

– O quê?

– Três semanas? Eu não posso simplesmente jogar tudo para o alto e viajar para a França por *três semanas*, Bennett!

Ele se levantou, confuso.

– Por quê? Eu consegui arrumar tudo e...

– Você está falando sério? Nossa mudança é daqui a um mês. Um mês! E ainda nem escolhemos um apartamento! E tem a minha melhor amiga, que na semana passada foi traída pelo maior estúpido do mundo. E não vamos esquecer do pequeno detalhe chamado *meu trabalho*. Tenho reuniões e um departamento inteiro para contratar e enviar para Nova York!

Sua expressão murchou completamente; com certeza essa não era a reação que ele estava esperando. O sol aparecia atrás dele e quando virou a cabeça, inclinando-a levemente para o lado, suas sobrancelhas e os contornos do rosto foram iluminados, formando uma bela silhueta.

Droga. Um sentimento de culpa cresceu em meu peito como um balão.

– Merda. Desculpa – eu me encostei nele e deitei a cabeça em seu ombro. – Eu não queria dizer essas coisas desse jeito.

Seus braços fortes me envolveram e senti ele suspirar.

– Eu sei.

Bennett tomou minha mão e me conduziu até a pequena mesa no canto da sala. Ele fez um gesto para eu me sentar e sentou em outra cadeira.

– Vamos negociar? – disse, com um olhar desafiador que eu não via desde que ele entrou na minha sala.

Negociar era algo que eu poderia fazer.

Ele se inclinou para frente, com as mãos juntas e os cotovelos na mesa.

– A mudança – ele começou. – Admito que é algo grande. Mas nós temos nossa agente imobiliária para nos ajudar. Eu visitei as três melhores opções. Você só precisa decidir se quer vê-las também ou se confia em mim para essa escolha. É só deixar a agente cuidar do resto, e podemos pagar para que nossas coisas sejam empacotadas e enviadas – ele ergueu uma sobrancelha esperando minha reação e eu fiz um gesto para ele continuar. – Eu sei o quanto você se importa com Sara. Converse com ela; descubra como ela está lidando com tudo isso. Você disse que nem sabia se ela iria terminar com ele, não é?

– Sim.

– Então nós cuidamos disso quando chegar a hora certa. E quanto ao seu trabalho... Estou muito orgulhoso de você, Chloe. Sei como você trabalha duro e o quanto você é importante. Mas nunca teremos uma oportunidade perfeita. Sempre estaremos ocupados, sempre haverá pessoas querendo nossa atenção e sempre haverá coisas que parecem não poder esperar. Para você, vai ser um bom exercício para delegar as coisas. Eu te amo, mas você é péssima quando se trata de dividir responsabilidades. E tudo vai ficar ainda mais agitado depois da mudança. Quando será a próxima vez que teremos uma chance? Eu quero ficar com você. Quero falar em francês com você e fazer você gozar numa cama na França onde ninguém vai aparecer no fim de semana ou nos ligar por causa do trabalho.

– Está ficando cada vez mais difícil ser a adulta responsável por aqui – eu disse.

– Ser responsável nem é tão importante assim.

Senti meu queixo cair e não pude fazer nada além de olhar para ele com cara de boba. Eu estava quase perguntando quem era essa pessoa gentil e o que tinha feito com meu namorado, quando ouvi alguém batendo na porta. Tirei os olhos de um namorado muito agradável e vi uma estagiária aterrorizada entrar na minha sala, olhando aterrorizada para Bennett. Com certeza ela perdera no palitinho para ver quem iria chamar o Cretino.

– Humm... Com licença, srta. Mills – ela gaguejou, com o olhar grudado em mim. – Eles estão esperando pelo sr. Ryan na sala de conferência do 12º...

– Obrigada – eu respondi. Ela saiu e eu me virei para Bennett.

– Discutimos isso mais tarde? – ele perguntou baixinho enquanto se levantava.

Eu concordei, ainda um pouco desconcertada por sua mudança de atitude.

– Obrigada – eu disse, vagamente mostrando as passagens, mas querendo dizer muito mais.

Ele beijou minha testa.

– Até mais tarde.

Viagens... nunca realmente foram boas para Bennett e eu. San Diego foi perfeita enquanto ainda estávamos dentro de nossa pequena bolha. Então tentamos voltar ao mundo real e tudo começou a dar errado. De um jeito catastrófico.

Depois disso, tentamos planejar uma viagem no Dia de Ação de Graças, mas acabamos cancelando por causa do trabalho. Tentamos novamente em dezembro; Bennett estava soterrado com trabalho de uma grande conta que seria lançada antes do Ano Novo, e nós dois tínhamos o lançamento da Papadakis no começo de janeiro. De algum jeito, eu consegui convencê-lo a prolongar o fim de semana do Natal e viajar comigo.

Para conhecer meu pai.

Bennett a princípio não queria – ele estava nos últimos estágios daquela campanha enorme e tinha também que ficar com a própria família. E eu passara a maior parte do ano passado reclamando para o meu pai sobre como o meu chefe era um idiota egocêntrico, apenas para depois admitir que estava transando com esse chefe. A viagem tinha todos os ingredientes de um desastre.

Bennett permaneceu quieto na maior parte do voo, eu soube que algo estava errado porque ele não sugeriu uma transa no banheiro do avião.

– Você está respeitoso demais, Ryan. O que está acontecendo? – eu perguntei, depois de pousarmos, enquanto nos dirigíamos para a locadora de carros.

– O que você quer dizer?

– Bom, nas últimas três horas você não fez nenhum comentário inapropriado sobre mim falando de cavalgar, chupar, lamber, tocar, agarrar etc., nem disse nada elogioso sobre seu pau. Está tão quieto que eu praticamente posso ouvir seus pensamentos e, francamente, estou um pouco preocupada.

Ele esticou o braço e deu um tapa na minha bunda.

– Melhorou? E, a propósito, seus peitos ficam ótimos com essa blusa.

– Converse comigo.

– Estou indo conhecer o seu pai – ele disse, arrumando o colarinho.

– E...?

– E ele sabe o idiota que eu fui – limpei minha garganta e ele olhou para mim. – Posso *ser.*

– "Pode"?

– Chloe.

– Isso faz parte do seu charme que todo mundo conhece – eu disse, piscando minhas pestanas rapidamente para ele. – Desde quando você pede desculpas por causa disso?

Ele suspirou.

– Desde que concordei em conhecer seu pai. E, se ele possui um calendário, já sabe que eu estava dormindo com você enquanto trabalhávamos juntos.

– Eu também tive que encarar sua família depois disso tudo. Tenho certeza de que Mina contou para Henry sobre o Incidente do Banheiro e se o Henry sabe, então o Elliott sabe. E se o Elliott sabe... oh, meu Deus, sua mãe sabe que transamos no banheiro favorito dela... enquanto o Joel estava lá para me conhecer! – bati a palma da mão na minha testa.

– Pois é! Acontece que a minha família adora você de qualquer jeito, já a situação aqui é um pouco diferente.

Chegamos na porta da locadora de carros e eu tomei sua mão, fazendo-o parar.

– Olha, meu pai conhece a filha que tem. Ele sabe que eu posso ser um pouco difícil às vezes...

– Há!

Agora foi a minha vez de encarar seu rosto.

– E ele sabe que eu sempre revido à altura. Você não tem por que se preocupar.

Ele suspirou novamente e se aproximou para encostar sua testa na minha.

– Se você acha mesmo…

No meio da neve, meu pai soltou um assovio enquanto circulava a Mercedes-Benz preta que estacionamos na frente de sua casa.

– Sempre achei que existe apenas uma razão para um homem andar por aí dirigindo um carro desses: compensar algo. Você não concorda, Benson?

– Bennett – ele corrigiu com a voz baixa, antes de sorrir nervosamente para mim.

– É Natal, pai. Todos os carros quatro por quatro já foram alugados.

As coisas não melhoraram durante o jantar.

Enquanto estávamos sentados à mesa, meu pai encarava Bennett como se tentasse reconhecer um rosto que tinha visto na televisão.

– Bennett, humm? – ele disse, lançando-lhe um olhar cético por cima de sua taça de vinho. – Que tipo de nome é esse?

Eu resmunguei:

– Pai.

– Minha mãe era fã de Jane Austen, senhor. O nome do meio do meu irmão é Willoughby, então acho que até que me saí bem dessa.

O rosto do meu pai permaneceu sério.

– Você tem nome de personagem de um romance? Acho que isso explica algumas coisas.

– O seu primeiro nome, Frederick – Bennett disse, com um pequeno sorriso – é um bom nome, se me permite dizer. Frederick Wentworth é um dos protagonistas de Persuasão, *um homem que trabalha duro. Minha mãe me fez ler todos os romances da Jane Austen quando eu estava*

no colégio, e eu geralmente obedeço minha mãe – ele provou o jantar, mastigou e engoliu, antes de dizer: – Os conselhos dela também incluíam namorar a sua filha.

– Humm. Bom, tenha cuidado com ela – meu pai disse, encarando Bennett do outro lado da mesa. – O namorado do meu assistente é da máfia, e eu duvido que alguém sentiria a sua falta.

– Pai!

Meu pai olhou para mim, com olhos arregalados e inocentes.

– O quê?

– O namorado do Mark não é da máfia.

– É claro que é. Ele é italiano.

– Isso não quer dizer nada!

– Confie em mim. Eu o conheci. Ele anda num carro preto com janelas escuras. Mark o chamou de Fat Don na festa do escritório.

– O nome dele é Glen, pai, e ele está estudando para se tornar um contador. Ele não *é da máfia.*

– Não entendo por que você tem que discutir comigo o tempo todo, Chloe. Só Deus sabe de quem você puxou isso.

Nesse momento, Bennett começou a rir tanto que precisou pedir licença e sair da mesa.

Mais tarde, após conquistar meu pai deixando-o ganhar no Banco Imobiliário – como alguém acreditaria que Bennett Ryan perdeu um jogo envolvendo dinheiro é algo que eu nunca vou saber –, Bennett saiu do quarto de hóspedes e se esgueirou para minha cama.

– Você vai fazer ele nos pegar – eu disse, ao mesmo tempo em que subia nele.

– Não se você não fizer barulho.

– Humm. Nem sei quantas vezes meu pai me pegou tentando sair de casa à noite quando eu estava no colégio, e eu sempre fui silenciosa.

– Podemos parar de falar do seu pai agora? Isso está tirando minha atenção do quanto vai ser sexy transar com você na sua cama da época

do colégio. E, meu Deus, Chloe. Você chama isso de calcinha? – ele disse, agarrando a pequena tira de tecido e puxando. Com força.

– Ah, meu Deus! – eu sussurrei, querendo gritar. – Era uma calcinha novinha e...

– Você adorou – ele completou, sorrindo. – Estou só fazendo minha parte da tradição.

Eu queria discutir, mas: 1) ele estava certo e 2) fiquei distraída quando ele deslizou o tecido rasgado para o lado e enfiou um dedo dentro de mim. Ele tomou minha cintura com a outra mão, encorajando-me a cavalgar nele.

– Isso, desse jeito – ele disse, com os lábios separados e os olhos voltados para o meio das minhas pernas. – Merda... tire a camisa.

Já esquecendo da calcinha rasgada, eu obedeci, tirando minha camiseta e jogando-a para trás. Ele deslizou outro dedo e eu acelerei meus movimentos, fazendo a cama chiar levemente.

Bennett se sentou, sussurrando um "Shh" contra minha boca.

– Sente um pouco.

Eu me apoiei num joelho e fiquei olhando enquanto ele descia seu pijama pela cintura.

– Nós vamos mesmo fazer isso aqui? – eu sussurrei. A cama era pequena demais, o quarto estava quente e silencioso demais... e meu pai estava no quarto ao lado. Seria estúpido e inconveniente, mas não havia nada nesse mundo que eu quisesse mais do que isso.

Acendi o pequeno abajur para poder enxergá-lo melhor. Seus lábios estavam inchados, o cabelo bagunçado e seu sorriso parecia ridiculamente malicioso quando disse:

– Eu te amo, porra, sua garota safada. Você quer que eu fique olhando?

– Sim.

– Comece a se masturbar – ele ordenou.

Eu obedeci, devagar demais para chegar a algum lugar, mas com a velocidade perfeita para fazer seus olhos se arregalarem antes de ele se es-

ticar para me beijar. Ele murmurou alguma coisa em meus lábios, com a língua se movendo preguiçosamente contra a minha. Ele soltava pequenos sons e passava as mãos por todo meu corpo. Seu pau deslizou sobre meu clitóris antes de entrar vagarosamente em mim.

Tudo se tornou um borrão depois disso, com a sensação de estar preenchida por inteiro, sentindo sua respiração quente e sua pele ainda mais quente. Bennett chupou meu mamilo, raspando os dentes em mim enquanto eu me movia sobre ele. Eu estava tão alheia a tudo que nem percebi o familiar ranger da porta do quarto.

– Oh, pelo amor de Deus! – meu pai gritou, e de repente pernas e braços e lençóis esvoaçaram para todo lado tentando nos cobrir. Ouvi os passos do meu pai enquanto ele se afastava do quarto pelo corredor, resmungando algo sobre sua pequena garotinha e sexo debaixo de seu teto e sinais de um ataque do coração.

Digamos apenas que Bennett e eu nunca fomos tão gratos por nada nesse mundo quanto pelo jogador de futebol que precisou de um tratamento de canal na manhã seguinte e que apenas meu pai poderia fazer. Meu pai já estava em seu consultório, esperando a chegada do jogador, antes mesmo do sol raiar.

Pois é, viagens nunca derem muito certo para nós dois.

Um sentimento de culpa me corroeu pelo resto da manhã. Eu não deveria ter rejeitado tão rapidamente a proposta de Bennett. Lá estava ele, tentando ser flexível, e lá estava eu, dizendo para ele pensar no trabalho. O que havia de errado comigo? Tentei encontrá-lo no meio das reuniões. Tentei encontrá-lo no almoço. O mais perto que cheguei foi quando cruzei com ele no corredor, acompanhado por um grupo de executivos que tagarelavam ao seu redor como tietes perseguindo uma celebridade.

– Preciso falar com você – eu disse, apenas mexendo os lábios.

– Bat-sinal? – eu *acho* que foi sua resposta.

Concordei com a cabeça.

– Jantar?

Ele assentiu, jogou um beijo para mim e foi embora, carregado pela manada em direção ao elevador.

– Como estão as coisas?

Sara deu de ombros, arrastando outra batata frita pelo ketchup antes de jogá-la na boca, mas definitivamente sem olhar para mim.

– As coisas estão bem.

Fiquei olhando para ela. As coisas sempre estavam "bem" com Sara.

– É sério! – ela insistiu, recostando-se na cadeira. – Tem tanta coisa sendo falada sobre isso tudo. Estou apenas tentando entender o que é verdade e o que não é.

– Parece um bom plano – eu disse.

– Eu o conheço há tanto tempo que fica difícil colocar tudo no lugar. Mas, honestamente, eu estou bem.

– Sara, perdoe minha intromissão, pois acho que tecnicamente isso não é da minha conta, mas isso que você falou é a maior besteira que eu já ouvi.

– *Como é?*

– Você me ouviu! Essa história do Andy é importante demais! Bennett quer viajar comigo para a França e, além das outras duzentas razões óbvias para eu não ir, no topo da lista está você!

– *Como é?* – ela repetiu, desta vez um pouco mais alto. – Bennett quer levar você para a França? Oh, meu Deus, isso é incrível! Mas, espera, o que você quer dizer com essa história de eu estar no topo de uma lista?

– Pois é, ele quer que a gente tire umas férias antes da loucura de Nova York realmente começar – eu disse, antes de amassar meu guardanapo e jogá-lo nela. – Mas eu não quero sumir de repente porque estou preocupada com você!

Sara riu, levantando-se e andando ao redor da mesa para me abraçar.

– Isso é a coisa mais fofa e mais idiota que alguém já disse por mim. Eu te amo, Chloe.

– Mas eu estou de mudança – acrescentei, apertando-a mais forte. – As próximas semanas seriam nossos últimos dias juntas.

Ela se sentou na cadeira ao meu lado.

– Sou uma garota crescida e sempre posso pegar um avião até a sua cidade. Eu amei, *amei* saber que você queria ficar aqui e cuidar de mim. Mas... acho que Bennett está certo – ela disse, estremecendo um pouco. – Vocês precisam disso, e se conseguir arranjar tudo... bom, você deveria jogar umas roupas sexy na mala e arrastar aquele homem até a França.

Eu ri, me apoiando em seu ombro.

– Deus, isso complicaria tudo. Eu teria que encontrar alguém para fazer as entrevistas, participar de todas as minhas reuniões...

– Mas valeria a pena?

Sorri, lembrando de como Bennett parecera animado ao contar sobre a viagem, e como seu rosto murchara quando eu não mostrei o mesmo entusiasmo.

– Sim, valeria.

Seis

Rolei para o lado, agarrei meu celular no criado-mudo e desliguei o alarme com o polegar. Eu estava exausto, tendo dormido apenas duas horas. Trabalhei quase até as duas da madrugada e depois tentei ir para a cama sem acordar Chloe, mas ela se virou e subiu em cima de mim antes que eu pudesse dizer alguma coisa.

Mas até parece que eu iria impedi-la.

Não posso realmente reclamar por isso ter me custado mais uma hora de sono perdido, mas agora, quando sua mão procurava cegamente entre os lençóis, acariciando minha barriga até chegar ao meu pau, eu sabia que não podia deixá-la continuar. Eu tinha um voo para pegar, sozinho.

Ela decidiu ir para a França, mas viajaria um dia depois de mim, insistindo com muita teimosia que precisava de toda a sexta-feira para cuidar das últimas coisas. Eu esperaria por ela, mas, como a viagem foi marcada de última hora, se eu esperasse não haveria nenhum voo direto e nem assentos lado a lado. Decidi então que chegaria mais cedo para preparar nossa estadia na casa de Max.

– Acho que não temos tempo – murmurei em meio aos seus cabelos.

– Não acredito nisso – ela disse, com a voz ainda cheia de sono. – Este cara aqui – ela disse, apertando minha ereção – acha que temos bastante tempo.

– O motorista vai chegar em quinze minutos e, graças ao seu apetite na noite passada, eu preciso tomar outro banho.

– Lembra daquela vez que você só precisou de dois minutos para gozar? Você está me dizendo que não tem dois minutos?

– Sexo pela manhã nunca dura dois minutos – eu a lembrei. – Não quando você está toda sonolenta, macia e quentinha desse jeito –

rolei para fora da cama e andei até o banheiro, ouvindo o som de seu gemido abafado no meu travesseiro.

Quando voltei, de banho tomado e já vestido, ela se sentou na cama, ainda abraçando meu travesseiro e tentando fingir que não estava chateada por termos que ir para a França em voos diferentes.

– Não faça beicinho – murmurei, abaixando para beijar o canto de sua boca. – Você vai só confirmar aquilo que eu sempre suspeitei: você não funciona direito sem mim.

Eu esperava que ela fosse revirar os olhos ou me beliscar, mas apenas desceu os olhos até minha gravata e estendeu o braço para fazer um ajuste desnecessário.

– Eu *funciono* sem você. Mas não gosto de ficar longe. Sinto como se você levasse embora o meu lar.

Bom, que droga.

Joguei a mala na cama e tomei seu rosto em minhas mãos até ela olhar para mim e ver o efeito das próprias palavras. Ela sorriu e molhou os lábios com a língua.

Com um último beijo, eu sussurrei:

– Vejo você na França.

–

Eu perderia um dia na ponte aérea e chegaria no sábado. O voo da Chloe sairia apenas doze horas depois do meu, mas, como não era possível ir direto, ela teria de pegar o último voo do dia para Nova York e de lá sair para Paris no dia seguinte, chegando a Marselha na segunda-feira. Isso me daria tempo para preparar sua chegada, mas, conhecendo Max, a casa estaria impecável e cheia de comes e bebes. Ou seja, eu não teria nada para fazer.

Um Bennett ocioso... e tudo o mais.

Eu me acomodei na cabine de primeira classe, recusei o champanhe e peguei o celular para enviar uma mensagem para a Chloe.

Já embarquei. Vejo você do outro lado do oceano.

Meu celular vibrou poucos segundos depois.

Estou repensando essa viagem. Tem uma liquidação de sapatos na Dillons este fim de semana.

Eu ri e, preferindo ignorar a mensagem, guardei o celular no bolso do casaco. Fechando os olhos enquanto os outros passageiros passavam por mim, lembrei de nossas outras viagens. Nós viajamos juntos apenas algumas vezes, mas as coisas nunca saíram como planejado. Será que eu tinha alguma maldição contra viagens? Parecia que estávamos destinados a viagens que saíam do rumo, que eram feitas separadamente, que produziam discussões terríveis... ou que eram canceladas.

Senti meu estômago revirar quando lembrei de nossa tentativa de tirar férias no Dia de Ação de Graças. Em um fim de semana, por impulso, nós compramos passagens para a ilha de São Bartolomeu, na França, e alugamos uma casa à beira-mar. Deveria ser perfeito, mas ao invés disso acabou sendo a primeira vez que Chloe parou de falar comigo desde a nossa reconciliação.

—

- Maldito filho da puta idiota!

Levantei a cabeça, erguendo as sobrancelhas até meus cabelos, enquanto Chloe batia a porta e corria até minha mesa.

- Seu pesadelo se tornou realidade novamente, srta. Mills?

- Quase isso. A Papadakis quer adiantar o lançamento.

Eu me levantei tão abruptamente que minha cadeira foi lançada para trás e bateu com força na parede.

- O quê?!

- Aparentemente, agora março é em janeiro. O primeiro comunicado de imprensa está marcado para o dia sete de janeiro.

- Essa é uma época horrível para se lançar algo desse tipo! Todo mundo ainda está bêbado ou limpando as festas de fim de ano. Ninguém sai para comprar apartamentos chiques.

– Foi o que eu disse para o Big George.

– Você também disse para ele continuar simplesmente contando as verdinhas e deixar o marketing com a gente?

Ela riu, cruzando os braços sobre o peito.

– Acho que usei exatamente essas palavras. Junto a outros termos da máfia que eu conheço.

Voltei a me sentar, esfregando as mãos no rosto. Nosso voo estava marcado para a manhã do Dia de Ação de Graças, e agora não poderíamos de jeito nenhum deixar o trabalho.

– Você disse que estava tudo bem?

Do outro lado da mesa, senti que ela permaneceu completamente congelada.

– Que outra opção eu tinha?

– Dizer a ele que não estaríamos prontos!

– *Mas seria uma mentira.* Nós podemos *ficar prontos.*

Deixei minhas mãos caírem e fiquei de boca aberta, olhando para ela.

– Sim, mas só se trabalharmos quinze horas por dia durante o feriado, e tudo isso para conseguir fazer o lançamento nessa data idiota!

Ela jogou os braços para cima, com fogo nos olhos.

– Ele está nos pagando um milhão de dólares por um marketing básico e estamos negociando outra campanha, de dez milhões. Você não acha razoável trabalhar quinze horas por dia para manter feliz o nosso maior cliente?

– É claro que sim! Mas ele não é o seu único cliente! A primeira regra do mundo dos negócios é nunca deixar que o cachorro grande saiba o quanto os outros cachorros são pequenos.

– Mas que droga, Bennett! Eu não vou dizer que não dá pra fazer o que ele quer.

– Às vezes, um pouco de negociação pode ser uma coisa boa. Você está agindo como uma inexperiente, Mills. Se não tinha certeza do que dizer, você deveria ter passado a ligação para mim.

Eu imediatamente quis colocar aquelas palavras de volta na minha boca. Seus olhos se arregalaram, sua boca se abriu e, merda, suas mãos se fecharam em punhos apertados. Eu levei minha mão para proteger o meio das minhas pernas.

- Você está falando sério? O que mais você quer fazer? Dar de comer na minha boca? Seu maldito egocêntrico!

Não consegui me segurar.

- Só se eu também te ajudar a mastigar.

Seu rosto relaxou e eu pude enxergar sua mente calculando o quanto ela queria chutar o meu traseiro.

- Nós não vamos mais para São Bartolomeu - ela disse secamente.

- Isso é óbvio. Por que você acha que estou irritado?

- Bom, mesmo se ainda fôssemos, você dormiria sozinho, com a sua mão e um tubo de lubrificante.

- Posso me virar com isso. Estas duas mãos sabem como variar de vez em quando.

Ela desviou o olhar, com o queixo apertado.

- Você está tentando me deixar ainda mais brava?

- Claro, por que não?

Seus olhos sombrios voltaram a olhar para mim. Sua voz falhou quando perguntou:

- Por quê?

- Para você sentir o máximo da dor. Porque você deveria ter falado para o George que esse tipo de decisão precisa da confirmação de toda a equipe, e que só responderíamos depois do feriado.

- Como você sabe que eu não disse isso?

- Você veio até aqui contar a notícia. Não agiu como se fosse uma sugestão.

Ela ficou me encarando, com os olhos passando por centenas de reações diferentes. Esperei para ver quantos palavrões ela conseguiria dizer em seguida, mas ela me surpreendeu simplesmente virando e indo embora.

—

Chloe não passou aquela noite na minha casa. Era apenas a segunda noite que passávamos separados desde sua apresentação do MBA em junho, e eu nem ousei tentar dormir. Em vez disso, fiquei assistindo Mad Men na Netflix e imaginando quem de nós se desculparia primeiro.

O problema era que eu estava certo, e sabia disso.

A manhã do Dia de Ação de Graças chegou com a neve e com um vento tão forte que me empurrou para dentro do prédio enquanto eu andava, sozinho, da garagem até meu escritório.

Nunca pensei que ela me deixaria de novo após nossa briga. Eu achava que ficaríamos juntos por um longo tempo, cujo começo oficial poderia ser amanhã ou daqui a dez anos. Não havia nada que ela pudesse fazer para me afastar.

E, embora eu achasse que Chloe pensava o mesmo, ela raramente fugia de uma discussão. Ela continuava a duelar comigo até eu ficar figurativamente de joelhos, ou até ela ficar de joelhos, mas de um jeito nada figurativo.

Apenas alguns funcionários da RMG foram trabalhar no feriado – os que faziam parte da equipe da Papadakis. E todos olharam para Chloe quando ela andou até o corredor para pegar café. Conhecendo-a bem, ela provavelmente trabalhou até tarde da noite e dormiu debaixo da mesa.

Ela nem olhou para onde eu estava de pé à porta da sala de conferência. Mesmo assim, eu quase podia ouvir seus pensamentos enquanto passava por cada um dos membros mal-humorados da equipe: "Você pode ir se ferrar. E você também. E você? O folgado com essa carranca patética? Você pode realmente ir se ferrar."

Ela se dirigiu para seu escritório, acomodou-se e deixou a porta aberta.

Era como se dissesse "venha até aqui e reclame se tiver coragem".

Mesmo que todos realmente quisessem encher sua orelha com reclamações por estragar os planos de todo mundo para o feriado, *ninguém se atreveu a sair do lugar. O mundo dos negócios ensinara a cada um de nós uma mesma regra: o trabalho é sagrado. A última pessoa a ir embora é um herói. A primeira pessoa a chegar tem o direito de se vangloriar. Trabalhar nos feriados significa uma passagem para o Céu.*

Um executivo mais experiente teria dito ao Papadakis que seu pedido era impossível, mas, como sempre, eu admirava a determinação de Chloe. Ela não estava apenas atingindo um novo patamar. Esse era o lançamento de sua carreira. Era sua fundação. Chloe se parecia comigo alguns anos atrás.

—

Após todos irem embora ao fim do expediente, eu bati em sua porta, gentilmente alertando-a sobre a minha presença.

- Sr. Ryan - ela disse, tirando seus óculos e olhando para mim. A silhueta da cidade piscava atrás dela, pontos de luz que cobriam toda a sua janela. - Veio até aqui para mostrar o que eu devo fazer para desenvolver um pênis, para conseguir terminar o trabalho?

- Chloe, tenho certeza de que se você quisesse desenvolver um, conseguiria fazer isso sozinha, apenas com sua força de vontade.

Ela se permitiu um meio-sorriso e recostou-se na cadeira, cruzando as pernas.

- Eu queria ter um apenas para mandar você chupar.

Não consegui conter uma risada e desabei na cadeira em frente a sua mesa.

- Eu sabia que você iria dizer isso.

Suas sobrancelhas se juntaram um pouco.

- Bom, antes que você diga mais alguma coisa: sim, eu sei que isso é um saco. E... acho que você estava certo. Poderíamos estar numa praia de São Bartolomeu agora mesmo.

Comecei a falar, mas ela ergueu a mão me pedindo para esperar.

– Mas acontece que, não importa o quanto eu deveria, eu não queria dizer não ao Papadakis. Eu queria fazer o trabalho, porque nós podemos, e nós devemos. Já estava em cima da hora de qualquer jeito e tivemos muito tempo para trabalhar nisso. Senti que não seria honesto dizer que não conseguiríamos.

– É verdade – reconheci –, mas, deixando ele mudar um prazo para o começo do trimestre, você abriu um precedente.

– Eu sei – ela disse, esfregando as têmporas com a ponta dos dedos.

– Mas na verdade, eu não vim até aqui para dizer que você estava errada. Vim até aqui dizer que entendo o que você fez. Não posso te culpar.

Ela baixou as mãos, seus olhos me estudando cuidadosamente.

– Nesse ponto da sua carreira, não posso me surpreender por você dizer sim ao Papadakis.

Sua boca se abriu e eu pude sentir uma fila de palavrões se formando em sua língua.

– Calma lá, sua bravinha – eu disse, erguendo a mão. – Não quero dizer que você é ingênua. E não quero dizer que você ainda precise amadurecer, embora seja verdade, mesmo você não gostando de ouvir isso. Quero dizer que você ainda está construindo sua carreira. Você quer mostrar para o mundo que você é um Atlas e que, para um Titã, aquela maldita esfera celestial não pesa nada. Acontece que isso afetou toda a equipe, e justo num feriado. Entendo por que você fez isso, e também entendo por que está sentindo esse conflito. Sinto muito por você ter que encarar essa dificuldade, pois eu também já passei por isso – baixei minha voz e me aproximei. – É uma droga.

A sala escureceu, e o sol mergulhou no horizonte no momento em que terminei de falar. Chloe ficou me observando, com o rosto relaxado e praticamente indecifrável.

Bom, indecifrável para qualquer outra pessoa. Qualquer um que não tivesse visto aquele rosto milhares de vezes, uma expressão que dizia que ela queria me estapear, beijar, arranhar e depois me foder.

– Não use esse sorriso convencido – ela disse, com os olhos cerrados. – Sei o que está tentando fazer.

– O que estou tentando fazer?

– Me provocar. Bancando o durão, mas também meu amante. Que droga, Bennett.

– Você vai transar comigo no seu escritório! – eu disse, cheio de surpresa e alegria. – Deus, você é fácil.

Ela se levantou rapidamente, deu a volta na mesa e agarrou minha gravata.

– Droga – ela desfez o nó, cobriu meus olhos com a gravata e amarrou-a atrás da minha cabeça. – Pare de me estudar – ela disse em meu ouvido. – Pare de enxergar tudo.

– Nunca – fechei os olhos atrás do tecido de seda e deixei meus outros sentidos tomarem conta, sentindo o delicado aroma cítrico de seu perfume e estendendo o braço para sentir a pele macia de seus braços. Movi minhas mãos, descendo lentamente por seu corpo, e a virei, puxando-a para o meu peito. – Melhor assim?

Seu suspiro não foi direcionado a mim; foi um som de frustração genuína.

– Bennett – ela murmurou, recostando-se em mim. – Você está me deixando louca.

Agarrei sua cintura, puxando-a ainda mais e fazendo-a sentir a ereção que pressionava sua bunda.

– Pelo menos certas coisas nunca mudam.

—

Pisquei, voltando à realidade, quando a aeromoça se abaixou para me dizer alguma coisa.

– Perdão? – eu disse.

– O senhor gostaria de uma bebida com sua refeição?

– Ah, sim – eu disse, tirando de minha mente a memória do corpo de Chloe enquanto eu a comia sobre sua mesa do escritório. – Só uma dose de Grey Goose e um pouco de gelo, por favor.

– E o que vai comer? Temos filé mignon ou uma seleção de queijos e azeitonas.

Pedi os queijos e olhei pela janela. A trinta mil pés de altura, eu poderia estar em qualquer lugar. Mas eu tinha a distinta sensação de estar voltando no tempo.

Eu não estivera na França desde meu retorno para os Estados Unidos, quando conheci Chloe em pessoa. Pela centésima vez, percebi como o velho Bennett não parecia nem um pouco familiar.

O Dia de Ação de Graças foi uma revelação porque, antes de me envolver com Chloe, eu também teria aceitado a vontade de George Papadakis sem pensar duas vezes. Chloe era tão semelhante a mim em tantos sentidos... isso era até um pouco assustador.

Sorri quando lembrei do conselho da minha mãe:

"Nunca se apaixone por alguém que coloque você em primeiro lugar. Encontre alguém que seja tão destemida e energética quanto você. Encontre uma mulher que faça você querer ser uma pessoa melhor."

Bom, eu a encontrei. Agora, tudo que precisava fazer era esperar que ela chegasse até ali, para me certificar de que ela sabia disso.

–

O caminho até nossa casa emprestada era coberto por pequenas pedras lisas. Eram marrons e de tamanho uniforme e, embora fossem claramente selecionadas por sua aparência e pela maneira como combinavam com a paisagem, era óbvio que o local fora feito para se aproveitar, e não para ser tratado como uma preciosa e intocável peça de museu. Vasos de flores e urnas se alinhavam dos dois lados do caminho, transbordando com botões coloridos. Havia árvores por toda parte, e ao longe havia bancos separados do resto do campo por paredes de vinhas que floresciam.

Com certeza, eu nunca vira uma casa de campo tão bonita. O exterior tinha uma tonalidade avermelhada, como a cor de argila, cujo envelhecimento resultava num efeito absolutamente encantador. Cortinas brancas cobriam as grandes janelas do primeiro e segundo andares, e mais flores vibrantes cobriam a moldura das portas. O perfume no ar era uma mistura entre o aroma do oceano e de peônias.

Primaveras subiam por uma treliça e emolduravam a estreita porta dupla inspirada na França provincial. O degrau de cima estava rachado, mas limpo, e havia um simples tapete verde no chão de concreto.

Eu me virei e olhei para o jardim. No canto mais afastado, entre várias figueiras, uma longa mesa estava coberta por uma toalha laranja e decorada com uma estreita linha de pequenas garrafas azuis de diferentes tamanhos e formatos. Havia pratos brancos limpos espaçados entre si, esperando pelos convidados para uma refeição. Um campo verde se estendia até onde eu estava, sob o estreito pórtico, interrompido apenas por ocasionais arranjos cheios de flores púrpuras, amarelas e rosas.

Peguei a chave em meu bolso e entrei na casa. Do lado de fora, dava para ver que era uma casa grande, mas por dentro o tamanho parecia se expandir quase como uma ilusão de ótica.

Meu Deus, Max, isso parece um pouco excessivo. Eu sabia que sua casa na região de Provença era grande, mas não imaginava que havia *quarto pra caralho*. Da porta da frente, eu podia ver ao menos uma dezena de outras portas conectando-se ao corredor principal, e com certeza havia incontáveis outros cômodos no andar de cima.

Parei na entrada, olhando para a enorme urna que parecia uma versão maior do vaso que minha mãe tinha em sua sala de jantar; a base de cerâmica azul era idêntica, e as mesmas bonitas linhas amarelas percorriam as laterais curvadas. Lembrei de quando Max trouxe o presente para minha mãe na primeira vez em que ele voltou para casa comigo no Natal. Na época não percebi o significado pessoal que tinha aquele presente, mas agora, olhando ao redor de sua casa de veraneio, eu podia ver trabalhos do mesmo artista em toda parte: em pratos pendurados em cima da lareira, em chaleiras moldadas à mão e um conjunto de copos simples em uma bandeja.

Eu sorri e estendi o braço para tocar a urna. Chloe ficaria maluca quando visse isso, aquele vaso era sua peça de decoração favorita na casa da minha mãe. Senti uma forte sensação de que estávamos destinados a nos encontrar aqui.

Após seu jantar de aniversário em janeiro, Chloe hesitou na sala de jantar, olhando para a impressionante coleção de arte da minha mãe. Mas em vez de fazer o óbvio e inspecionar o brilho dos vasos da Tiffany ou os intrincados detalhes das tigelas de madeira entalhada, ela foi direto para o pequeno vaso azul no canto.

– Acho que nunca vi esta cor antes – ela disse, maravilhada. – Achei que essa cor não existisse fora da minha imaginação.

Minha mãe se aproximou e tirou o vaso da prateleira. Sob a suave luz do candelabro, a cor quase parecia cintilar e mudar, mesmo quando Chloe o segurou na mão. Eu nunca tinha notado o quão bonita era aquela peça.

– É uma das minhas favoritas – minha mãe admitiu, sorrindo. – Eu também nunca tinha visto nada com essa cor.

Mas isso não era inteiramente verdade, eu pensei, ao me afastar da urna e me dirigir até a lareira. O mar dali era dessa cor, quando o sol aparecia alto no horizonte e o céu mostrava um azul límpido. Apenas desse jeito o mar ficava exatamente com aquele mesmo azul, como o coração profundo de uma safira. Um artista que tivesse vivido ali saberia disso.

Em uma prateleira, havia três *santons* feitos à mão – as pequenas estatuetas são uma tradição de Provença. Todas aquelas obviamente haviam sido criadas pelo mesmo artista que fizera o vaso da minha mãe, a urna gigante e o resto da arte que havia na casa. Ele ou ela devia ser um artista local e, estivesse vivo ou já falecido, talvez Chloe tivesse a oportunidade de ver outras peças suas durante nossas férias. A coincidência, a perfeição de tudo, parecia quase surreal.

Os tons de azul e verde no prato montado sobre a lareira refletiam a luz do sol ao entardecer, lançando um suave brilho azul na parede de trás. Com o vento soprando as árvores lá fora e a luz do sol dançando entre as sombras, o efeito era semelhante a olhar a superfície do oceano. Junto à mobília branca e ao resto da decoração minimalista da sala de estar, aquele cenário fez eu me sentir imediatamente mais calmo. O mundo da RMG e da Papadakis, do trabalho, do estresse e do constante tocar do meu celular, tudo isso parecia estar a milhões de quilômetros de distância.

Infelizmente, isso também se aplicava a Chloe.

Como se ela pudesse ouvir meus pensamentos lá do seu voo pelo Atlântico, meu celular tocou em meu bolso e o toque para mensagens dela ecoou pela sala silenciosa.

Pegando o celular, olhei para a tela e li a mensagem: *Greve dos mecânicos. Todos os voos cancelados. Estou presa em Nova York.*

Sete

– Como assim *cancelado*?! – eu disse, encarando a mulher do outro lado do balcão. Ela parecia ter minha idade, com o rosto cheio de sardas e cabelos ruivos presos em um rabo de cavalo. E também parecia que estava prestes a estrangular não só eu, mas todos os outros passageiros no aeroporto LaGuardia.

– Infelizmente fomos informados de uma greve do sindicato dos mecânicos – ela disse secamente. – Todas as linhas para Provença foram canceladas. Pedimos desculpas pelo transtorno.

Bom, essas desculpas não pareciam muito sinceras. Eu continuei sem saber o que fazer enquanto digeria suas palavras.

– Desculpa, *o quê*?!

Ela arrumou sua expressão para um sorriso totalmente ensaiado.

– Todos os voos foram cancelados por causa da greve – olhei por cima de seu ombro para a tela com as saídas e chegadas da Provence Airlines. E lá estava a palavra CANCELADO ao lado de cada linha.

– Você está me dizendo que estou presa aqui? Por que ninguém me disse isso em Chicago?

– Faremos o possível para arranjar sua acomodação para esta noite...

– Não, não, não, não, isso é impossível. Por favor, verifique novamente.

– Senhora, como eu já disse, nenhum voo da Provence Airlines vai decolar ou aterrissar. A senhora pode verificar com outras empresas se elas possuem algum voo que possa te acomodar. Não há mais nada que eu possa fazer.

Soltei um grunhido, frustrada, deixando minha testa cair no balcão. Bennett estava esperando por mim, provavelmente sentado em algum lugar tomando sol, com o laptop aberto e trabalhando como o maldito viciado em trabalho que é. *Deus, ele me excita.*

– Isto não pode estar acontecendo – eu disse, me endireitando e implorando com o olhar mais humilde que eu conseguia. – O cretino mais fofo do mundo está me esperando na França e eu não posso estragar essa viagem!

– Ceeerto – ela disse, limpando a garganta e arrumando uma pilha de papel.

Eu estava perdida.

– Quanto tempo? – perguntei.

– Não temos como saber. É claro que eles vão tentar resolver a questão o mais rápido possível. Pode demorar um dia, ou até mais.

Bom, que grande ajuda.

Com um suspiro dramático e alguns palavrões abafados, eu me arrastei para longe do balcão em busca de um canto silencioso de onde pudesse ligar para minha assistente. Ah, e enviar uma mensagem para Bennett. Isso definitivamente não daria certo.

O celular tocou em questão de segundos.

Andei pela multidão, através da manada de passageiros sem voo que tomavam quase todo o terminal da Provence Airlines, e parei em um canto ao lado dos banheiros.

– Oi.

– Que diabos você quer dizer com "presa em Nova York"? – ele gritou.

Eu estremeci, afastando o celular da orelha antes de respirar fundo para me acalmar.

– Quero dizer exatamente isso. Todos os voos foram cancelados, ninguém sai e ninguém chega. Pedi para minha assistente verificar com a Delta e outras empresas, mas tenho certeza de que todo mundo já fez isso também.

– Isso é inaceitável! – ele rugiu. – Eles sabem quem você é? Deixe eu falar com alguém.

Eu ri.

– Ninguém aqui sabe ou se importa com quem eu sou. Ou com quem *você* é.

Ele ficou quieto por um momento, longo o bastante para eu ter de verificar se a linha tinha caído. Não tinha. O som de pássaros em revoada preencheu a ligação, com uma chaminé à distância. Quando ele finalmente voltou a falar, usou aquela voz grave e firme que eu conhecia tão bem. Aquela que ainda fazia minha pele se arrepiar. Aquela que usava quando falava *muito* sério.

– Diga para eles colocarem o seu traseiro num avião agora mesmo – ele disse, pronunciando cada palavra lentamente.

– Todos os voos estão lotados, Bennett. O que você quer que eu faça? Pegue carona num barco? Use um tapete voador? Relaxa, vou chegar aí quando eu puder.

Bennett gemeu e eu percebi que ele aceitou o fato de que não poderia sair dessa discutindo ou usando seu charme.

– Mas quando?

– Não sei, meu amor. Amanhã, talvez? No dia seguinte? Em breve, eu prometo!

Com um suspiro resignado, ele perguntou:

– E agora?

Ouvi o som de uma porta se abrindo e fechando, com uma música suave tocando ao fundo.

– Temos que esperar – suspirei. – Vou para um hotel, talvez trabalhar um pouco. Talvez eu possa dar uma olhada nos apartamentos enquanto estou aqui. E depois prometo que entro no primeiro voo disponível. Mesmo que eu tenha que chutar alguns empresários para fora...

– É bom mesmo que faça isso – ele disse.

Balancei a cabeça para expulsar o som daquela voz imponente.

– Então, me conte sobre a casa. É tão bonita quanto imagino?

– Mais ainda. Quer dizer, a sua presença obviamente vai deixar ainda melhor, mas caramba... Max realmente se superou com isso aqui!

– Bom, tente aproveitar. Tome bastante sol, nade, leia alguma bobagem. Ande por aí descalço.

– Andar por aí descalço? Esse é um conselho incomum, mesmo para você.

– Não enche.

– Sim, senhora.

Eu sorri.

– Sabe, acho que gosto desse seu lado. Você fica muito sexy quando recebe ordens, Ryan.

Ele riu suavemente.

– Ah, e... Chloe...

– Humm?

– Espero que não tenha colocado nenhuma calcinha na mala. Você não vai precisar.

Passei o resto do dia no aeroporto, rezando por um milagre ou um voo para a França. Não consegui nenhum dos dois.

Levei horas para localizar minha bagagem, então já estava exausta quando cheguei ao quarto do hotel. Por causa da diferença do fuso horário, já era muito tarde, ou muito cedo, para ligar para

Bennett, então enviei uma mensagem enquanto preparava um banho e pedia ao serviço de quarto uma garrafa de vinho e qualquer coisa que tivesse chocolate.

Eu tinha acabado de entrar na banheira – com uma taça de vinho e um *cheesecake* de chocolate precariamente equilibrados no canto – quando meu celular tocou. Procurei pelo chão até encontrá-lo e dei um grande sorriso quando vi o rosto do Bennett acendendo a tela.

– Pensei que você estava dormindo – eu disse.

– A cama é grande demais.

Sorri ao ouvir sua voz sonolenta. Esse era o Bennett que rolaria para o meu lado durante a noite, com os braços quentes e pesados, sussurrando palavras doces em minha pele. Ele sempre foi melhor nisso tudo do que eu, mesmo no começo.

– O que você está fazendo? – ele perguntou, puxando minha atenção de volta para o celular.

– Banho de espuma – eu disse, sorrindo com o som de seu gemido do outro lado da linha.

– Não é justo.

– E você?

– Revendo alguns documentos.

– Você encontrou meu bilhete?

– Bilhete?

– Eu deixei uma coisa para você.

– É mesmo?

– Sim. Olhe na bolsa do seu laptop.

Ouvi um ranger de couro quando ele se levantou, depois o som de seus passos no chão de azulejos, seguido de uma risada.

– Chloe – ele disse, rindo ainda mais forte –, parece que alguém deixou um pedido de resgate aqui.

– Engraçadinho.

– "Três observações sobre hoje: eu não fiz tudo que estava em minha lista de afazeres, a salada que você me preparou no almoço estava deliciosa e, mais importante, eu te amo" – ele leu, e então ficou em silêncio enquanto lia o resto do bilhete. Quando terminou, murmurou: – Eu... *merda*. Estou ficando maluco sem você aqui.

Fechei os olhos.

– O universo está conspirando contra nós.

– Sabe, parte de mim quer dizer que nada disso aconteceria se você não fosse tão teimosa e tivesse vindo comigo – comecei a protestar. – *Mas* – ele disse, continuando – sua determinação é uma das coisas de que mais gosto em você. Você nunca desiste. Você nunca espera de alguém um trabalho que você mesma não faria. E, se mudasse isso, você não seria a mulher por quem me apaixonei. Você fez exatamente o que eu teria feito. Como sempre. E é também um pouco estranho perceber o quanto somos parecidos.

Eu me sentei em meio à água morna, levando os joelhos até o peito.

– Obrigada, Bennett. Isso significa muito para mim.

– Bom, estou falando a verdade. E você pode me mostrar sua gratidão quando trouxer essa sua bunda gostosa aqui para a França. Combinado?

Revirei os olhos.

– Combinado.

Não fui para a França no dia seguinte. Nem no próximo. E no terceiro dia eu me questionei se pegar uma carona em um barco seria mesmo uma ideia ruim.

É possível que eu tenha ligado mais para Bennett nesses três dias do que durante todo o resto do nosso namoro. Mesmo isso não era suficiente e não ajudou em nada a aliviar a ansiedade que agora vivia constantemente em meu peito.

Eu me mantive ocupada, mas não podia negar que estava com saudades de casa. Eu não sabia exatamente quando acontecera, mas, em algum ponto, Bennett se transformara no meu lar. Ele se transformara no meu *escolhido*.

E isso era aterrorizante.

Cheguei a essa conclusão quando saí para andar um pouco. Minha assistente tinha me ligado, dizendo que conseguira um lugar em um voo noturno da Air France. Meu primeiro pensamento foi contar imediatamente para Bennett. Quase saí correndo para o quarto do hotel.

Mas então eu parei, com o coração acelerado e os pulmões queimando. Quando foi que ele se tornou a coisa mais importante em minha vida? E fiquei imaginando: seria possível que ele estivesse tentando me dizer que sentia a mesma coisa? Arrumei minhas malas, atordoada, jogando as roupas de qualquer jeito e juntando as coisas que estavam espalhadas pelo quarto. Pensei no quanto ele mudara no último ano. Os momentos de silêncio à noite, a maneira como às vezes olhava para mim como se eu fosse a única mulher no planeta. Eu queria estar junto dele… sempre. E não apenas vivendo no mesmo apartamento, mas de um jeito definitivo.

Nesse momento fui atingida por uma ideia tão maluca, tão insana, que eu explodi em uma risada, quase literalmente. Nunca fui do tipo de mulher que espera as coisas acontecerem, por que isso seria diferente? Então, eu me decidi.

Bennett Ryan não tinha ideia do que estava prestes a atingi-lo.

Oito

Por mais impossível que pareça, eu estava completamente entediado naquela linda e enorme casa de campo francesa. O lugar não requeria manutenção ou limpeza, minha conexão de internet era tão lenta que eu não conseguia entrar no servidor da RMG para realizar qualquer trabalho e – talvez o mais trágico – senti que não deveria fazer certas coisas até Chloe chegar.

Parecia errado mergulhar na piscina infinita sabendo que ela estava presa em Nova York. Eu não queria passear pelos vinhedos ao redor da casa, pois achava que aquilo era algo para descobrirmos juntos. A governanta separara algumas garrafas de vinho para nós, mas só um idiota completo beberia sozinho. Descobrir o resto da casa também era um direito dela. Até então eu abrira apenas a porta de um quarto, onde dormi, sem querer avaliar nossas opções até que ela chegasse. Juntos, decidiríamos onde passar nossas noites.

É claro, se eu contasse algo sobre isso ela riria na minha cara e diria que eu estava sendo dramático. Mas era por isso que eu a queria aqui. Algo monumental acontecera comigo no outro dia, quando usei o bat-sinal, e a sensação de urgência não diminuíra desde então – e provavelmente não diminuiria até ela chegar e ouvir o que eu tinha para dizer.

Andei pelos jardins, contemplei o mar e verifiquei meu telefone novamente, lendo pela centésima vez a mensagem mais recente de Chloe:

Parece que a Air France tem um lugar disponível.

Ela enviara a mensagem três horas atrás. Embora parecesse promissor, suas três mensagens anteriores haviam sido semelhantes, e no fim ela ficara de fora desses voos. Mesmo se tivesse decolado há três horas, ela não chegaria a Marselha até amanhã de manhã, na melhor das hipóteses.

Com o canto dos olhos, vi uma pessoa surgir de trás da casa e colocar um prato de comida na mesa perto da piscina. Com outra olhada em meu celular, vi que conseguira matar mais algumas horas e que era finalmente hora do almoço. Na casa havia uma cozinheira, uma mulher de cinquenta e poucos anos chamada Dominique, que assava pães todas as manhãs e, até agora, servira algumas variações de peixe, salada fresca colhida do jardim e figos. A sobremesa consistia de *macarons* feitos à mão ou bolachinhas com geleia. Se Chloe não chegasse logo, Dominique teria que me rolar até a porta para recebê-la.

Ao lado do meu prato havia uma taça de vinho e, quando olhei para Dominique, ela parou na porta dos fundos, apontou para o vinho e disse:

– Le boire. Vous vous ennuyez, et solitaire.

Bom, que merda. Eu *estava* entediado e solitário. Uma taça de vinho não faria mal algum. Eu não estava celebrando, estava apenas sobrevivendo, certo? Agradeci a Dominique pelo almoço e me sentei à mesa, tentando ignorar a brisa na temperatura perfeita, o som do oceano tão perto, a sensação do piso aquecido sob meus pés. Eu não aproveitaria nem um único segundo até que Chloe chegasse.

Bennett, você é um egocêntrico patético.

Como de costume, o peixe estava inacreditável e a salada com pequenas cebolas e cubos de queijo branco tinha tanto sabor que eu nem percebi quando minha taça ficou vazia e Dominique estava ao meu lado, enchendo-a de novo.

Comecei a impedi-la, dizendo que não precisava de mais vinho.

– Je vais bien, je n'ai pas besoin de plus.

Ela piscou para mim.

– Puis l'ignorer.

Então, ignore.

—

Uma garrafa de vinho depois e eu comecei a me perguntar por que eu mesmo não comprara uma casa de campo na França. Afinal, já morara naquele país antes e, embora eu tivesse memórias não muito agradáveis – estava longe dos amigos e família, com uma agenda extenuante de trabalho – vivera ali durante um tempo de minha vida que, em retrospecto, parecia tão curto. Eu ainda era jovem. Ainda estava apenas começando, na verdade. Chloe e eu nos encontramos quando ainda tínhamos toda nossa vida pela frente.

Inferno, se Max podia encontrar um lugar lindo como aquele, eu poderia encontrar outro ainda mais bonito e luxuoso.

O vinho deixou meus membros aquecidos e pesados, e minha cabeça cheia de pensamentos que pareciam não fazer sentido. Imaginei a loucura que seria conhecer Chloe aos meus vinte e poucos anos. Teríamos destruído aquela casa, e provavelmente durado apenas uma semana. Não é incrível como encontramos a pessoa certa no *momento* certo?

Peguei meu celular e enviei uma mensagem para ela: Estou tão feliz por ter conhecido você naquela época. Mesmo sendo uma enorme cretina, você ainda é a melhor coisa que aconteceu na minha vida.

Fiquei encarando o celular, esperando sua resposta, mas nada aconteceu. Será que seu telefone estava sem bateria? Ou ela estava dormindo no hotel? Será que podia enviar uma mensagem do avião? Calculei em minha mente e pensei que ela estava a seis... sete horas de diferença? Não, complicado demais. Sorri para Dominique enquanto ela me servia outra taça de vinho e enviei mais uma mensagem para Chloe: Não estou bebndo todoo vinhomas o que toei é delicioso! Prmeto guardar um pouco para você.

Eu levantei e tropecei... em algo. Franzi a testa ao olhar para o gramado e imaginei se teria pisado em algum pequeno animal. Descartando esse pensamento, andei até o jardim, me espreguiçando e soltando um longo e feliz suspiro. Eu me sentia relaxado pela primeira vez desde a minha última transa com Chloe, zilhões de anos atrás. Com a barriga cheia e um pouco de vinho na cabeça, lembrei que ainda não tinha planejado a chegada de Chloe. Tínhamos algumas coisas para cuidar antes. Tínhamos uma conversa para ter e planos para fazer.

Será que eu deveria trazê-la para o jardim, ajoelhar com ela no gramado e fazê-la escutar? Ou esperar por um momento de silêncio durante o jantar e então ir até ela, tirando-a da cadeira e trazendo-a para perto de mim? Eu sabia o que queria dizer – ensaiara as palavras milhares de vezes em minha mente durante o voo até ali –, mas ainda não sabia quando as diria.

É melhor deixar ela se acostumar alguns dias aqui antes de jogar a bomba.

Fechei os olhos, recostei a cabeça e olhei para o céu. Então me permiti aproveitar, só por um instante. O clima estava espetacular. A última vez em que eu estivera ao ar livre com Chloe fora durante um churrasco na casa de Henry, no fim de semana anterior, e o clima estava apenas ameno. Após um dia sob o sol e o vento, fomos para casa e fizemos o sexo mais preguiçoso e silencioso de que eu me lembro.

Abri os olhos e imediatamente bati em meu rosto com a palma da mão.

– Ah, *merda*.

Dominique apareceu ao longe.

– Allez – ela disse, apontando para o portão principal e sugerindo que eu fosse até lá. – Se promener. Vous êtes ivre.

Eu ri. Era verdade, eu já estava bêbado. Ela me servira a garrafa de vinho inteira.

– Je suis ivre parce que vous me versa une bouteille entière de vin – acho que foi isso que eu disse.

Com um sorriso, ela ergueu o queixo.

– Allez chercher des fleurs dans la rue. Demandez Mathilde.

—

Isso era bom. Eu tinha uma tarefa. Encontrar flores. Perguntar pela Mathilde. Eu me abaixei para amarrar o sapato e saí pela porta da frente, seguindo em direção ao centro da cidade. Dominique era uma espertinha, me embebedara e depois me mandara para a cidade, para que eu não ficasse o dia todo em casa sem ter o que fazer. Ela e Chloe se dariam muito bem.

Pouco menos de um quilômetro rua abaixo, havia uma pequena loja cuja entrada transbordava com flores em todo tipo de recipiente: vasos, cestas, caixas, urnas. Sobre a porta havia uma placa na qual estava escrito MATHILDE em letras ornamentais.

Bingo.

Um sino tocou quando entrei e uma jovem loira surgiu na pequena sala principal da loja.

Após me receber em francês, ela rapidamente me olhou de cima a baixo e perguntou:

- Você é o americano?

- Oui, mais je parle français.

- Mas eu também falo inglês - ela disse, com seu forte sotaque carregando cada palavra. - E essa é a minha loja, então quem vai praticar sou eu.

Ela ergueu as sobrancelhas como se estivesse flertando ou me desafiando. Ela era linda, sem dúvida, mas seu contato visual demorado e o sorriso sexy me deixaram um pouco desconfortável.

Foi então que me ocorreu: Dominique sabia que eu estava entediado e solitário, mas provavelmente não tinha ideia de que eu esperava a chegada de Chloe. Ela me encheu de vinho e depois me enviou para a jovem solteira descendo a rua.

Oh, meu Deus.

Mathilde se aproximou um pouco, ajustando algumas flores em um vaso grande e esguio.

- Dominique disse que você está hospedado na casa do sr. Stella.

- Você conhece Max?

Ela riu de um jeito silencioso e discreto.

- Sim, eu conheço Max.

- Ah - eu disse, arregalando os olhos. É claro. - Você quer dizer que *conhece* o Max.

– Não sou a única que o conhece assim – ela disse, rindo novamente. Tirando os olhos de suas flores, perguntou: – Você veio aqui pelas flores? Ou acha que a Dominique talvez tenha te enviado por outro motivo?

– Minha namorada vai chegar amanhã, ela estava presa em Nova York por causa de uma greve e agora está a caminho – eu disse de uma vez só, constrangido.

– Então você veio por causa das flores – Mathilde fez uma pausa, olhando ao redor da loja. – Que mulher de sorte. Você é muito bonito – seus olhos voltaram a me olhar. – Talvez você fique sóbrio até lá?

Franzi a testa. Então me endireitei e murmurei:

– Não estou tão bêbado.

– Não? – ela ergueu as sobrancelhas e um sorriso divertido se espalhou em seu rosto. Então andou pela loja, coletando uma variedade de flores. – Você é muito charmoso, de qualquer maneira, Amigo do Max. O vinho só deixa as pessoas menos inibidas. Aposto que normalmente você abotoa suas camisas e não gosta de pessoas que andem devagar demais na sua frente.

Franzi ainda mais a testa. Ela até que estava certa.

– Eu levo meu trabalho a sério, mas não sou assim… o tempo todo.

Mathilde sorriu, amarrando um laço nas flores. Então me entregou o buquê e deu uma piscadela.

– Aqui você não está trabalhando. Mantenha sua camisa desabotoada. E não fique sóbrio para sua amante. Existem nove camas naquela casa.

—

A porta da frente estava aberta. Será que Dominique saíra e não fechara? Senti um pânico me dominar. E se alguma coisa acontecera enquanto eu estava fora? E se a casa tivesse sido assaltada? Apesar do conselho da Mathilde, fiquei sóbrio instantaneamente.

Mas não fora assaltada. Estava exatamente do jeito que eu deixara, apenas com um pouco mais de vento entrando pela porta aberta. Mesmo assim... eu não usei essa porta; passei do quintal para o jardim da frente.

Pelo corredor, ouvi água correndo e falei para Dominique:

– Merci pour l'idée, Dominique, mais ma copine arrive demain.

Ela precisava saber o mais cedo possível que eu era uma pessoa comprometida. Quem sabe se começaria a convidar mulheres para vir até ali? Era isso que fazia para Max? *Meu Deus, aquele homem não mudou nem um pouco.*

Enquanto eu me aproximava do primeiro quarto, percebi que a água que eu ouvia era um chuveiro. E que dentro do quarto havia várias malas.

As malas de *Chloe*.

—

Eu poderia invadir o banheiro e lhe dar um tremendo susto. Ela fora, afinal, idiota o bastante para não fechar direito a porta da frente, permitindo que o vento a abrisse de vez. Então fora tomar banho. Apertei meu queixo e punhos ao imaginar o que poderia acontecer se outra pessoa decidisse entrar na casa.

Merda. Fazia dias que não a via e eu já queria apertar seu pescoço e depois cobri-la de beijos. Senti um sorriso crescer em minha boca. Nós éramos exatamente isso. Uma batalha tão familiar entre amor e frustração, desejo e exasperação. Ela me irritava em todos os sentidos, e então descobria outras maneiras de me irritar, que nem mesmo eu sabia que existiam.

Sua cantoria vazou do banheiro até o quarto onde eu passara a primeira noite ali. Enquanto me aproximava, espiando pela porta, fui saudado pela visão de seus longos e molhados cabelos descendo por seu corpo nu. Então ela se abaixou, deixando a bunda perfeita levantada no ar enquanto depilava as pernas e continuava cantando para si mesma.

Parte de mim queria entrar lá, tomar a lâmina de suas mãos e terminar eu mesmo o trabalho, beijando cada parte macia de sua pele. Outra parte de mim queria invadir e cumprir minha promessa de tomá-la por trás, lenta e cuidadosamente. Mas uma parte ainda maior queria apenas aproveitar a visão. Ela ainda não sabia que eu estava ali, e vê-la daquele jeito - pensando estar sozinha, cantando baixinho, talvez até pensando em mim - era como um copo de água fresca em um dia quente de verão. Eu nunca me cansaria de observá-la, em qualquer cenário. E nua, molhada, debaixo do chuveiro era um dos meus cenários favoritos.

Ela enxaguou as pernas e se levantou, virando-se para tirar o condicionador dos cabelos. Foi quando me viu. Um sorriso explodiu em seu rosto e seus mamilos endureceram. Eu quase destruí o vidro da porta para chegar até ela.

- Desde quando você está aí?

Dei de ombros, olhando o contorno de seu corpo.

- Você é tão pervertido.

- *Ainda* sou pervertido, você quer dizer - dei um passo para frente, cruzando os braços sobre meu peito ao me encostar na parede. - Quando você chegou, sua sorrateira?

- Meia hora atrás.

- Achei que você tinha acabado de pegar o avião em Nova York. Você achou um tapete mágico, afinal de contas?

Ela riu, inclinando a cabeça para um enxágue final antes de desligar o chuveiro.

- Peguei o primeiro voo de que te falei. Mas achei que seria divertido fazer uma surpresa - tomando seu longo cabelo nas duas mãos, ela o puxou dos ombros e torceu para tirar o excesso de água, me encarando com olhos que pareciam cada vez mais famintos. - Acho que eu já esperava que você chegasse e me encontrasse nua tomando banho. Talvez seja por isso que eu vim pro chuveiro.

- Admito que é muito conveniente, pois estou pronto para ficar pelado também.

Chloe abriu a porta e veio direto para mim.

– Eu quis essa sua boquinha linda em mim no momento que fiquei sabendo que você estava flertando com a garota das flores.

Fiz uma cara feia.

– Ah, vamos lá – e então fiz uma pausa. – Como você sabia disso?

Ela sorriu.

– A Dominique fala inglês muito bem. Disse que ficou cansada de ver você sem nada para fazer e então te mandou até lá porque você fica muito bonito quando está irritado. Eu concordei.

– Ela... o *quê*?

– Mas estou contente por você não ter trazido Mathilde até aqui. Isso poderia ser constrangedor.

– Ou poderia ser incrível – provoquei, puxando-a para mim e enrolando uma toalha em seus ombros. Senti a água de seu peito molhar a minha roupa.

Ela está aqui. Ela está aqui. Ela está aqui.

Eu me abaixei e passei os lábios sobre os dela.

– Oi, meu amor.

– Oi – ela sussurrou enquanto me abraçava. – Você já ficou com duas mulheres de uma vez? – ela perguntou, inclinando-se para trás e passando as mãos sob a minha camisa enquanto eu a enxugava. – Não acredito que nunca perguntei isso antes.

– Senti sua falta.

– Também senti sua falta. Responda minha pergunta.

Eu estremeci.

– Sim.

Suas mãos estavam frias e as unhas arranharam meu torso.

– E mais de duas de uma só vez?

Balançando a cabeça, eu me abaixei para correr a ponta do nariz ao longo de seu queixo. Ela tinha um cheiro familiar, tinha o cheiro da minha Chloe: seu próprio aroma, cítrico e suave.

– Você não estava dizendo alguma coisa sobre querer minha boca em você?

– Especificamente entre as minhas pernas – ela ordenou.

– Foi o que pensei – eu me abaixei, peguei-a no colo e a carreguei até a cama.

Quando a coloquei no colchão, ela se sentou, se apoiou com as mãos para trás, trazendo os pés até a beira da cama... e abriu as pernas. Então me olhou e sussurrou:

– Tire a roupa.

Meu Deus, essa mulher me mataria com esse tipo de visão. Chutei meus sapatos para longe, tirei as meias e levei minhas mãos até as costas para arrancar a camisa. Após deixá-la admirar meu peitoral por alguns segundos, cocei minha barriga e sorri para ela.

– Gostou de alguma coisa que viu?

– Você está tentando me fazer um show particular? – sua mão subiu pela coxa até o meio de suas pernas. – Também sei fazer isso.

– Você está brincando comigo? – respirei fundo, tentando tirar meu cinto e abrindo os botões da calça com um único movimento. Quase caí tentando tirar a calça.

Ela tirou a mão e estendeu os dois braços para mim.

– Por cima – ela disse, aparentemente desistindo da minha boca. – Em cima de mim, quero sentir o seu peso.

Sem dúvida, isso era perfeito. Nós dois queríamos fazer amor antes de fazer qualquer outra coisa: passear, comer, conversar.

Sua pele estava muito fresca, e a minha ainda estava quente por causa do sol, da caminhada de volta para casa e da excitação de encontrá-la ali de forma tão inesperada. O contraste era incrível. Em baixo de mim, ela não era nada além de pele macia e pequenos e silenciosos gemidos. Suas unhas cravavam em minhas costas, seus dentes raspavam meu queixo, meu pescoço, meu ombro.

– Quero você dentro de mim – ela sussurrou em um beijo.

– Ainda não.

Apesar de soltar um grunhido de frustração, por um momento ela me deixou apenas beijá-la. Eu adorava a sensação de seus lábios na minha língua. Podia sentir com toda a intensidade cada ponto onde nossos corpos se tocavam: seus seios contra meu peito, suas mãos em minhas costas, os tendões de suas coxas pressionando minhas laterais. Quando ela me envolveu com as pernas, suas panturrilhas pareciam uma manta de calor ao meu redor. Levei minha mão para baixo e agarrei a parte de trás de seu joelho, puxando-o para cima em minha cintura até sentir meu pau deslizar em sua pele macia.

Em baixo de mim, ela se arqueou e começou a rebolar, conseguindo o máximo de fricção entre nós sem que eu empurrasse para dentro. Nossos beijos começaram lentos e provocantes, e então aumentaram de intensidade para uma fome voraz antes de voltar a uma cadência mais lenta e carinhosa. Chloe me deixou prender seus braços acima da cabeça, me deixou chupar e morder seus mamilos quase até doer. Ela me perguntou o que eu queria, do que eu gostava, e se eu queria seu corpo ou sua boca primeiro. Quando estávamos nus juntos, seu primeiro instinto era sempre me dar prazer.

Aquela mulher me surpreendia. Eu tinha perdido a perspectiva de quem ela era fora de nossa relação. Comigo, ela podia ser qualquer coisa. Coragem e medo não eram opostos. Ela podia ser maldosa e doce, safada e inocente. Eu queria ser tudo para ela, da mesma maneira.

– Eu adoro o jeito como nós nos beijamos – ela sussurrou, com as palavras pressionadas em meus lábios.

– Como assim? – eu sabia do que ela estava falando. Sabia exatamente o que ela queria dizer, mas queria ouvi-la falar o quanto tudo era perfeito.

– Só adoro o fato de que beijamos igual. Você sempre parece saber exatamente como eu quero.

– Eu quero ser casado – soltei de repente. – Eu quero que você se case comigo.

Meeeerrrda.

E então, todo o meu discurso cuidadosamente ensaiado foi jogado pela janela. O anel da minha avó estava em uma caixinha dentro da gaveta – longe de mim – e meu plano de ajoelhar e fazer tudo direito simplesmente evaporou.

Dentro dos meus braços, Chloe permaneceu completamente imóvel.

– O que você acabou de dizer?!

Estraguei completamente o plano, mas agora era tarde demais para voltar atrás.

– Sei que estamos juntos há pouco mais de um ano – expliquei rapidamente. – Talvez seja cedo demais. Eu entendo se você achar que é cedo demais. É só que, sabe quando você disse que adora o jeito como nos beijamos? Eu sinto o mesmo em relação a tudo o que fazemos juntos. Eu amo tudo. Eu amo entrar em você, amo trabalhar com você, amo ver você trabalhando, amo discutir com você e amo simplesmente sentar no sofá e rir com você. Eu me sinto perdido quando não estou com você, Chloe. Não consigo pensar em nada, ou ninguém, que seja mais importante para mim. Então, na minha mente, isso significa que de certa maneira já estamos casados. Acho que agora eu quero tornar isso oficial de algum jeito. Talvez eu esteja falando bobagem – olhei para ela, meu coração tentando sair pela boca. – Eu nunca pensei que fosse sentir isso por alguém.

Ela me encarou, com olhos arregalados e lábios separados, como se não conseguisse acreditar no que ouvia. Fiquei de pé e fui até o armário, tirando a caixinha da gaveta e levando até ela. Quando abri e mostrei o antigo anel de diamante e safira da minha avó, ela bateu com a mão sobre a boca.

– Quero me casar – eu disse novamente. Seu silêncio me deixava nervoso e, merda, com minhas palavras atropeladas, eu estragara completamente o momento. – Casar com você, quer dizer.

Seus olhos se encheram de lágrimas e ela levou a mão até o rosto, tentando não piscar.

– Você. É. Tão. Idiota.

Bom, isso foi inesperado. Eu sabia que talvez fosse cedo demais, mas... um idiota? Sério? Cerrei meus olhos.

– Um simples "é cedo demais" seria suficiente, Chloe. Deus. Eu abro meu coração desse jeito e você...

Ela saiu da cama e correu até uma de suas malas, vasculhando lá dentro e tirando uma pequena sacola de tecido azul. Trouxe até mim, com o laço pendurado em seu longo dedo indicador, e balançou a sacola na frente do meu rosto.

Eu a peço em casamento e ela me entrega um souvenir de Nova York?

- Que droga é essa, Chloe?

- O que você acha, gênio?

- Não banque a espertinha comigo, Mills. É uma sacola. Até onde eu sei, tem uma barra de cereais aí dentro, ou um absorvente, sei lá.

- É um anel, seu tonto. Para você.

Meu coração estava batendo tão forte e rápido que quase pensei que fosse um ataque.

- Um anel para *mim*?

Ela tirou uma pequena caixa da sacola e me mostrou. Era de platina polida, com uma faixa de titânio no meio.

- Você ia me pedir em casamento? - perguntei, ainda completamente confuso. - As mulheres fazem isso?

Ela me deu um soco forte no braço.

- Sim, seu machista. E você totalmente roubou o meu momento.

- Então, isso é um "sim"? - perguntei, minha perplexidade aumentando. - Você vai se casar comigo?

- Você é quem tem que responder! - ela gritou, porém estava sorrindo.

- Tecnicamente, você não pediu ainda.

- Mas que droga, Bennett! Você também não!

- Você quer casar comigo? - perguntei, rindo.

- *Você* quer casar *comigo*?

Com um gemido, peguei a caixinha e a deixei cair no chão. Depois lancei Chloe de costas na cama.

- Você sempre vai ser impossível assim?

Ela assentiu, com olhos arregalados e o lábio preso nos dentes. *Merda*. Poderíamos resolver isso mais tarde.

- Pegue o meu pau - eu me abaixei, beijei seu pescoço e grunhi quando ela me agarrou. - Guie até você.

Ela ajeitou os quadris debaixo de mim até eu sentir que estava bem na sua entrada. Deslizei para dentro devagar, mesmo que cada músculo e tendão em meu corpo quisesse entrar com força e descontroladamente. Gemi, tremendo por cima dela, sentindo como se estivesse afundando por dentro.

Movendo meus quadris para frente e para trás, senti seus braços me envolverem e seu rosto mergulhar em meu pescoço enquanto ela se erguia para acompanhar meus movimentos. Levou apenas mais dois movimentos para que nos tornássemos mais selvagens e frenéticos.

– Goza pra mim – sussurrei em sua boca, lambendo, implorando. Levantei sua perna, prendi em sua lateral e entrei mais fundo. Meus olhos se fecharam por um momento e senti como se fosse explodir a qualquer instante.

Ela pressionou o rosto de volta no travesseiro, abriu os lábios para tentar respirar e eu aproveitei a oportunidade para deslizar minha língua em sua boca.

– Assim está bom? – sussurrei, apertando sua cintura com a ponta dos dedos. Ela adorava o limiar entre dor e prazer, aquele ponto perfeito que descobrimos cedo em nossa relação. Ela assentiu novamente e eu acelerei os movimentos, enchendo minha cabeça com seu cheiro. Lambi sua garganta, seu pescoço, deixei uma marca de mordida em seu ombro.

– Aqui em cima – ela disse, puxando-me de volta para seu rosto. – Me beija.

Então eu beijei. De novo e de novo, até ela começar a arfar e se contorcer debaixo de mim, implorando para eu acelerar. Senti sua barriga ficar tensa e então suas pernas me apertaram ainda mais, a intensidade de seus gritos aumentando em meu ouvido.

Apertando o queixo, tentei não pensar no meu próprio orgasmo, querendo mais intensidade, mais tempo, querendo sentir ela gozar de novo antes mesmo que eu pensasse em chegar perto do clímax.

Seus gemidos ficaram mais altos. Chloe gritou e então ofegou e tentou se afastar, mas eu sabia que ela poderia gozar de novo. Sabia que ela estava sensível, mas podia aguentar mais.

- Não se afaste. Você ainda não terminou. Não está nem perto de terminar. Goza de novo para mim.

Seus quadris relaxaram em minhas mãos enquanto ela agarrava meus cabelos com mais força.

- Oh - foi apenas um suspiro. Mas havia tanta coisa contida nesse único e silencioso suspiro...

Eu a apertei ainda mais, segurando seus quadris e os inclinando com meus movimentos.

- Isso, assim.

- Vou gozar - ela disse, arfando. - Não posso... não posso...

Seus quadris tremeram e eu a agarrei o mais forte que conseguia.

- Não se *atreva* a parar.

- Me toque... lá - ela disse, e eu sabia o que queria. Beijei seu pescoço antes de lamber meus dedos e deslizar por suas costas, tocando, pressionado.

Com um grito agudo, ela gozou novamente, os músculos, debaixo de sua pele macia, me apertando ainda mais. Respirei fundo e deixei meu orgasmo explodir por minhas costas e percorrer todo o meu corpo. Pontos de luz piscavam atrás dos meus olhos fechados. Eu mal podia ouvir seus gemidos roucos sob o som do sangue latejando em meu ouvido.

- Sim, sim, sim, sim... - ela disse, em delírio, antes de desabar no travesseiro.

Senti como se as paredes tremessem no silêncio que se seguiu. Minha mente sacudia com a necessidade que eu sentia por ela; era desorientador.

- Sim - ela ofegou uma última vez.

Permaneci totalmente imóvel enquanto a consciência voltava lentamente aos meus pensamentos.

- Sim?

Então, com os membros ainda trêmulos e a respiração ofegante, ela me deu um enorme sorriso.

- Sim... Eu também quero me casar com você.

Agradecimentos

Obrigada às leitoras que também queriam mais desses dois. Os seus tuítes, posts no Facebook, e-mails, comentários e resenhas nos fizeram sentir como as duas garotas mais sortudas do mundo. Sem vocês, não existiria *nada* IRRESISTÍVEL.

Obrigada a Adam Wilson por nos fazer morrer de rir enquanto editávamos o texto, à meia-noite de uma terça-feira. Para duas pessoas que se dizem escritoras, nós somos surpreendentemente inarticuladas quando queremos expressar o quanto valorizamos sua confiança em nós.

Obrigada a todos na Gallery por aceitar nossas palavras bobas e pornográficas.

Holly Root, obrigada por ser sempre calma e estruturada e por continuar nos deixando brincar em todas as caixas de areia. E um obrigada a nossas famílias, por ficarem tão animados com isso quanto nós.

Lo, você coloca o ← nas minhas palavras. Christina, você coloca o → nas minhas histórias. Está na hora de apostar corrida até o estúdio de tatuagens em Paris.

Mais de 2 milhões de
exemplares vendidos
"O sex-seller
Cretino irresistível
é ainda mais quente
que 50 *tons*."
ELLE Magazine francesa
Cretino
IRRESISTÍVEL
CHRISTINA LAURE
UNIVERSO DOS LIVR

Uma estagiária ambiciosa. Um executivo perfeccionista. E um relacionamento ardente e totalmente perigoso!

Esperta, dedicada, prestes a cursar um MBA, Chloe Mills tem apenas um único problema: seu chefe, Bennett Ryan. Ele é exigente, insensível, sem consideração – e completamente irresistível. Um belo cretino. Bennett acaba de retornar da França para assumir um cargo importante na empresa de comunicações de sua família. Mas o que ele não poderia imaginar era que a pessoa que o ajudava enquanto ele estava no exterior era essa criatura linda, provocadora e totalmente irritante que agora ele tem de ver todos os dias. Ele nunca foi do tipo que se envolve em relacionamentos no ambiente de trabalho, mas Chloe é tão tentadora que ele está disposto a flexibilizar essa regra – ou quebrá-la de uma vez – para tê-la. Por todo o escritório! Mas o desejo que um sente pelo outro cresce tanto que Bennett e Chloe terão de decidir o que estão dispostos a perder para ganhar um ao outro.

Estranho
IRRESISTÍVEL
CHRISTINA LAUREN
AUTORA BEST-SELLER
DO THE NEW YORK TIMES
UNIVERSO DOS LIVROS

Um charmoso playboy britânico. Uma garota determinada a finalmente viver. E uma ligação secreta revelada em cores quentes...

Após ser traída, Sara Dillon se muda para Nova York em busca de agitação e paixão sem compromisso. É assim que ela encontra um sexy e irresistível britânico dançando em uma boate que não deveria significar nada além de uma noite de diversão. Mas a maneira – e a velocidade – com a qual ele acaba com suas inibições está prestes a transformar essa relação em algo arrebatador.

A cidade inteira sabe que Max Stella ama as mulheres. Isso não significa que ele tenha encontrado uma que realmente desejasse manter por perto. Apesar de atrair muito com seu charme de *bad boy* da Wall Street, é só quando Sara aparece em sua vida que ele começa a se perguntar se existe alguém para estabelecer uma relação fora do quarto.

Encontrando-se em lugares onde qualquer um pode vê-los, o que assusta Sara mais do que ser pega em público é ter Max muito próximo...

Este livro foi composto nas fontes Adobe Garamond Pro,
ChopinScript, AgencyFB e Neutraface Text,
e impresso em papel *Norbrite* 66,6 g/m^2 na Imprensa da Fé.